Stefan Koenig

AF197497

Willi
Der Held von Lich

Eine fantastischer selbstfahrender LKW,
der das Logistikmonster besiegt

Thriller

Pegasus Bücher

Wie Sie bereits wissen:

Die Geschichte zählt,
nicht der Erzähler.

© 2025 by Stefan Koenig

Verlag Pegasus Bücher
Umschlaggestaltung + Bilder: Stefan Koenig
Druck: Totem
Erste Auflage

ISBN: 978-3-9826674-3-0

Mail-Kontakt
zum Verlag: info@pegasus-buecher.de
und zum Autor: juergen.bodelle@t-online.de

Postadresse:
Pegasus Bücher
Postfach 1111
D-35321 Laubach

Wie Sie bereits wissen:

Die Geschichte zählt,
nicht der Erzähler.

© 2025 by Stefan Koenig

Verlag Pegasus Bücher
Umschlaggestaltung + Bilder: Stefan Koenig
Druck: Totem
Erste Auflage

ISBN: 978-3-9826674-3-0

Fotonachweis: Cover-Fotos © by Stefan Koenig
Fotomontage Seite 5: © by Medienagentur Markus Bender

Mail-Kontakt
zum Verlag: info@pegasus-buecher.de
und zum Autor: juergen.bodelle@t-online.de

Postadresse:
Pegasus Bücher
Postfach 1111
D-35321 Laubach

Stefan Koenig

Willi
Der Held von Lich

Wie Willi,
der selbstfahrende LKW,
die *FarAway Company*
schachmatt setzte

Pegasus Bücher

Pro forma
Und dennoch völlig im Ernst:

Bitte vergessen Sie nicht,
dass es sich bei dem vorliegenden Werk
um eine frei erfundene Story handelt.
Keine Angst also!
Personen-, Unternehmens- und Straßen-Namen,
die Ihnen vielleicht
durchaus bekannt vorkommen mögen,
gehören *nicht*
zu real existierenden Personen, Firmen oder Orten.
Jedenfalls gibt es sie so nicht, nicht so!
Orte, Ereignisse und Romanfiguren
sind allesamt Erfindungen.
Nackte Illusionen.
Faktische Fiktionen.
Fiktive Fakten.
Lich und Langweilsdorf …
… gibt es diese Orte überhaupt?
Die FarAway Company,
die Wüst Immobilien AG und Bürgermeister,
die den Bürgern zu Diensten sein wollen –
so etwas kann es einfach nicht geben.
Ich bin mir in nichts mehr sicher.
Vielleicht aber wissen *Sie* ja mehr.

Ich halt' die Luft an

Irgendwo in Kanada
Macht ein Schmetterling nur ein' Flügelschlag
Ein paar Stunden später dann
Jagt mich hier bei uns ein Sturmtief durch den Tag
Früher war scheinbar alles leichter
Sonderbar, wenn ei'm die große weite Welt
Plötzlich auf die Füße fällt

Ich halt' die Luft an, bis alles wieder stimmt
Die Wolken sich verziehen, 'ne gute Zeit beginnt
Ich halt' die Luft an, bis alles wieder geht
Die Welt, wie ich sie kenn', sich einfach weiterdreht

Oh-oh-oh-oh
Ich halt' die Luft an, bis ich nicht mehr kann

Jemand twittert irgendwas
Und am nächsten Tag ist alles nichts mehr wert
Einer sprengt was in die Luft
Weil ihn meine Art zu leben so sehr stört
Grenzenlos fluten mich die Bilder übergroß
Ganz egal, was auch passiert
Passiert ab jetzt auch immer hier

Ich halt' die Luft an, bis alles wieder stimmt
Die Wolken sich verziehen, 'ne gute Zeit beginnt
Ich halt' die Luft an, bis alles wieder geht
Die Welt, wie ich sie kenn', sich einfach weiterdreht

Oh-oh-oh-oh, oh-oh-oh-oh
Ich halt' die Luft an, bis ich nicht mehr kann

(Ina Müller)

Inhalt

Auf ewig widme ich das Buch
all jenen Licher Bürgern,
die sich niemals damit abfinden können,
dass damals über ihre Interessen hinweg
rigoros entschieden wurde.
Und die heute immer noch dreist
von feigen Politikern belogen werden,
indem behauptet wird,
es seien jetzt, nach dem Untergang
des fürchterlichen Logistikalbtraums,
„leider 200 Arbeitsplätze verloren gegangen."
In Wahrheit waren es
nach Auskunft der Buchhaltung
niemals mehr als zwischen
30 und 50 Billiglohn-Stellen.

Und natürlich widme ich dieses Büchlein
meinen treuen Leserinnen und Lesern,
immer in der Hoffnung,
dass sie noch gut schlafen können.

Kein Vorwort

Nicht hier

Nicht jetzt

Ich weiß, dass Sie mich verstehen.
Dafür ein herzliches Dankeschön!

Ihr Stefan Koenig
Im April 2025

Prolog
Das Jahr 2025

Der Mann hieß Arturo Groß und war der Ex-Bürgermeister meiner Kleinstadt, und ich sah, dass er im Begriff war, etwas Verrücktes zu tun. Seine Augen waren hinter der braun eingefassten Brille ganz groß geworden, und man sah viel Weißes, wie bei einem angriffslustigen Pit Bull. Die beiden jungen Leute, die mit ihrem klapprigen Seat noch rechtzeitig auf den Parkplatz der Tankstelle geschlingert waren, redeten auf ihn ein, aber er hielt den Kopf schräg, als hörte er fremde Stimmen. Nach seinem Bürgermeisteramt und dem einträglichen Deal mit der Wüst-Immobilien-AG und der *FarAway Company*, *FAC*, einem US-Konzern, der Möbel vertrieb, war er die Karriereleiter hochgefallen.

Jetzt war er Vorstand und CEO eines Seniorenstifts mit dreifach höherem Gehalt und begegnete in seinen Räumen den vielen Alten mit schräggestellten, nach fremden Stimmen lauschenden Köpfen. Sein praller Bauch steckte in einem teuren grauen Anzug, der am Hosenboden schon ein wenig glänzte. Arturo Groß und die beiden jungen Leute starrten durch das Fenster der Tankstelle hinaus auf den Parkplatz. Er lag genau zwischen der *FAC* und *Blau's Tanke & Imbiss*.

Am Tresen der Imbiss-Tanke saß ein Lastwagenfahrer, und Bernd, der Mann hinter dem Tresen, schob ihm eine Flasche Bier zu. »Bernd Blau« stand auf seiner Jacke, und er war der clevere Juniorchef der kleinen Raststätte. Die PKW und LKW-Tanke gehörte dem CDU-Politiker Arnold Blau, der sich seit drei Jahren bei seinen Landkreis-Kollegen um eine Genehmigung bemüht hatte. Er hatte Profit gewittert – bei all den prognostizierten Lastern. Letztes Jahr, 2024, hatte seine Tanke endlich eröffnet. Und nun das – all diese unerklärlichen Phänomene.

„Versuchen Sie es noch mal mit dem Radio", sagte der Lastwagenfahrer. Blau junior zuckte mit den Schultern und drehte augenrollend am Einstellknopf, aber er bekam nur statisches Rauschen.

„Sie drehen zu schnell", protestierte der Fahrer. „Auf Mittelwelle muss man langsam suchen, sonst überspringt man vielleicht was."

„Mittelwelle ist seit 2016 abgeschaltet. Ich kann nur auf UKW empfangen."

„Mist!" Der LKW-Fahrer umklammerte sein Bier und rutschte unruhig auf dem Hocker herum.

„Verdammt", sagte Berni Blau, wie ihn seine Freunde mit Vornamen nannten. Er war etwa Mitte dreißig und trug einen silberglänzenden Nasenring am linken Nasenflügel. Er schaute an dem Fahrer vorbei durch das große Panoramafenster auf den Parkplatz und den dahinter liegenden Kreisel hinaus. Hinter dem Kreisel ragten die großen farbigen Letter des Logistikunternehmens, *FAC*, in die Höhe.

Acht schwere Lastwagen standen draußen mit laufenden Motoren. Ihr Dröhnen im Leerlauf hörte sich an wie das Schnurren von Raubkatzen. Es waren ein paar Volvos und Renaults, ein MAN und zwei nagelneue Tesla-LKW. Alle mit Anhängern. Alles absolut typische Logistik-LKW für den Schwerverkehr.

Der Seat der jungen Leute lag umgestürzt am Ende einer langen Rutschspur im losen Kies des Parkplatzes. Er war total zerfetzt. In der Nähe der Abfahrt vom Kreisel zum Parkplatz stand ein völlig plattgemachter Mercedes. Sein Besitzer starrte wie ein ausgenommener Fisch durch die gesprungene Windschutzscheibe. An einem Ohr hing noch seine Sonnenbrille.

Am Rand des Kreisels lag die Leiche eines Schuljungen im Sportdress. Wahrscheinlich hatte ihn sein Vater gerade vom Fußball abgeholt. Als der Junge sah, dass es krachen würde, war er aus dem Daimler gesprungen und weggerannt, aber er hatte keine Chance gehabt. Er sah am schlimmsten aus, wenngleich er mit dem Gesicht nach unten lag. Obwohl es erst eine Stunde her war, umschwirrte ihn eine Wolke von Schmeißfliegen.

Ich schüttelte mich und versuchte, mich abzulenken. „Was hat hier eigentlich der Ex-Bürgermeister zu suchen?", fragte ich den Mann am Tresen.

„Einmal im Monat kommt er her, schaut lange hinüber, trinkt ein Bier, isst 'ne Pizza, geht dann rüber, um dem *FAC*-CEO Hallo zu sagen, kommt wieder, bestellt noch ein Bier und brüstet sich, dass das sein Projekt ist. Ohne ihn wäre hier nichts los. Alles wäre sein Werk. Ohne ihn wäre Lich tot. Aber keiner würde es ihm danken. Wie könne man nur sein wundervolles Werk, seine ganze Lebensleistung, so verkennen. Undank sei der Welten Lohn."

Ich drehte mich um und sah wieder nach draußen. Auf dem etwas erhöht gelegenen Kreisel lag ein nagelneuer BMW auf seinem zerbeulten Dach wie ein hilfloser Käfer aus einem verrückten Kafka-Roman.

Ich musste unwillkürlich an die TV-Sendung »Hot oder Schrott« denken.

Wir warteten jetzt schon seit fast zwei Stunden auf Hilfe, doch niemand war gekommen. Die stadteinwärts führende Straße konnte man vom Fenster aus nicht einsehen, und Festnetz wie Handys waren so tot wie das Radio.

„Sie drehen wirklich viel zu schnell", wiederholte der Fahrer seinen Protest. „Machen Sie verdammt nochmal …"

In diesem Moment rannte Arturo der Große los. Er stieß den Tisch um, als er aufsprang. Die Gläser zerschellten auf dem Boden und der Zuckerstreuer spritzte in hohem Bogen. Er rollte wild mit den Augen, und seine Lippen hingen schlaff

18

herab. „Es ist aus. Wir müssen hier raus", brabbelte er. „Wir müssen hier raus, wir müssen hier raus ..."

Der junge Mann schrie, und seine Freundin kreischte.

Groß stürzte zur Tür und rannte über den Asphalt, dann über den Kies hinüber in Richtung des Abflussgrabens, der das 40.000 Quadratmeter-Gelände der *FarAway Company* wie bei einer mittelalterlichen Ritterburg umgab. Zwei der dieselbetriebenen Lastkraftwagen rasten auf ihn zu, während die beiden Tesla-LKW und die anderen vier Wagen abwartend auf ihren Plätzen standen und lauerten.

Die auf ihn zurasenden Wagen stießen dunklen Dieselqualm in den sommerlichen Abendhimmel, und die riesigen Hinterräder ließen den Kies weg spritzen, als würde aus Kalaschnikows geschossen.

Groß war höchstens noch zwanzig Meter vom rettenden Abflussgraben entfernt, als er sich umdrehte. In seinem Bürokratengesicht stand nackte Angst. Er stolperte über seine eigenen Beine und wäre fast gestürzt. Er fing sich wieder, aber es war zu spät. Einer der LKW machte Platz, und der andere, ein Volvo, beschleunigte. Sein riesiger Kühlergrill funkelte bösartig im Schein der untergehenden Sonne. Der Ex-Bürgermeister, dem das Logistikmonster und die Monster-LKW ihr Dasein verdankten, stieß einen hohen dünnen

Schrei aus, der im dumpfen Brüllen der Dieselmotoren fast unterging.

Der LKW überfuhr ihn nicht. Wie sich später herausstellen sollte, wäre es für ihn besser gewesen. Er stieß ihn vielmehr weg, wie Donald Trump einen Golfball wegschlägt. Ganz kurz zeichnete sich seine Silhouette wie eine verbogene Vogelscheuche oder wie ein aufgeflogener Strohmann vor dem Abendhimmel ab, und dann verschwand er im Abflussgraben.

Die Bremsen des großen Lastkraftwagens zischten wie der Atem eines feuerspeienden Scheusals, und die Vorderräder blockierten und zogen tiefe Spuren durch den grauen Kies. Nur wenige Zentimeter vor dem Graben kam er zum Stehen. Dieser Drecksack.

Das junge Mädel stand neben ihrem Freund in der Nische vor der Glasfront und kreischte wieder hysterisch. Ihre Finger krallten sich in ihre roten Wangen, und ich hatte den Eindruck, dass entweder ihr Blutdruck den Kopf zum Platzen bringen oder sie ihre Wangen aufreißen würde.

Hinter mir hörte ich das Splittern von Glas. Als ich mich umdrehte, sah ich den Lastwagenfahrer mit blutender Hand, vor sich auf dem Tresen die zerbrochenen Scherben seines Bierglases. Ohne ein Anzeichen von Schmerzbewusstsein starrte er mit offenem Mund nach draußen.

Der Juniorchef des Ladens stand wie angewurzelt hinter dem Tresen neben seinem hilflos rauschenden Radio, ein Küchentuch in der erhobenen Hand. Er wirkte total entgeistert. Sein Nasenring funkelte. Für einen kleinen Moment hörte man nur das Ticken der IKEA-Wanduhr und dann wieder das Dröhnen des Motors, als der Volvo zu seinen Kollegen zurückfuhr. Mich wunderte, dass sich die geräuschlosen Tesla-LKW nicht in das Geschehen einmischten. Aber ich hatte bereits einen Verdacht.

Dann fing das Mädel an zu weinen, und das war gar nicht mal so schlecht – jedenfalls mussten die Emotionen raus.

Mein eigener Wagen, ein 2014er Ford stand an der Nebenseite der Tanke und war nur noch Schrott. Ich hatte keine Vollkasko. Wovon soll sich ein Schriftsteller eine Vollkasko leisten? Ich musste ihn noch abzahlen, doch ich glaube, das tat jetzt nichts mehr zur Sache. In Schreckmomenten kann das, was eben noch äußerst wichtig war, plötzlich total irrelevant sein.

In den Lastwagen saß niemand.

Die untergehende Sonne spiegelte sich in leeren Fahrerhäusern. Die Räder drehten sich von selbst. Man durfte darüber nicht viel nachdenken, aber es bestätigte meinen Verdacht. Hätte mich Elon Musk damals in Grünheide, im Tesla-Werk, nicht als PR-Chef eingestellt, wäre ich niemals Willi begegnet. Ohne diese Erfahrung wäre ich jetzt wahrscheinlich verrückt geworden. Wie Arturo Groß.

Drei weitere Stunden vergingen. Die Sonne war untergegangen, aber der Abendhimmel war noch blutrot. Draußen patrouillierten die LKW in langsamen Kreisen und Achterschleifen. Ihre grellen, riesigen Spotlights und Parklichter waren nun eingeschaltet. Ich musste meine Beine vertreten, sie waren fast eingeschlafen. Ich war total nervös, denn auf einige der Umstände konnte ich mir wahrlich keinen Reim machen. Nun patrouillierte auch ich rund um die Tische vor dem Panoramafenster. Ich zog meine eigenen Kreise und Achterschleifen und sah dabei nachdenklich nach draußen.

Die »Blau-Raststätte – Ihre sympathische Tankstelle mit gutem Essen«, wie es in einer Werbeanzeige im *Licher Blättchen* hieß, war eine ganz normale Tanke gegenüber der *FarAway Company*. Hier konnte man Strom, Benzin und Diesel tanken, und die *FAC*-Fahrer tranken hier Energy-Drinks oder Kaffee oder aßen eine Kleinigkeit.

„Hallo?" Die Stimme klang hilfesuchend.

Ich sah mich um. Es waren die beiden jungen Leute mit dem Seat. Der junge Mann war höchstens Mitte Zwanzig. Er hatte einen Drei-Tage-Bart und Stoppelhaare. Sein blondes Mädel wirkte jünger.

„Was gibt's?"

„Ist Ihnen auch etwas passiert?"

Ich musste, dankbar für die Frage, unwillkürlich lächeln, und dann erzählte ich ihnen, was ich vor vier Stunden erlebt hatte, aber noch nicht hatte einordnen können.

„Ich fuhr von Berlin kommend auf der A 5 Richtung Frankfurt. Etwa zehn Kilometer vor der Abfahrt nach Lich sah ich im Rückspiegel den Lastwagen. Er war noch weit entfernt, doch ich bemerkte, wie er Vollgas gab. Er überholte einen Audi. Der Anhänger schleuderte, und er fegte den Audi einfach von der Fahrbahn, weit über den Seitenstreifen hinaus, wie ein Schüler eine Papierkugel gegen den Rücken eines Paukers schnippt."

Ich machte eine kurze Pause, denn beide sahen mich mit entsetzten Augen an.

„Und dann?", fragte das Mädchen.

„Ich dachte schon, der Laster würde auch von der Autobahn abkommen. Kein Fahrer hätte ihn halten können, wenn der Anhänger so schleudert. Aber er blieb auf der Spur. Wahrscheinlich KI-gelenkt. Der Audi überschlug sich mehrere Male und explodierte in einem dermaßen großen Feuerball, dass man automatisch an ein gerade vollgetanktes Auto denken musste. Den nächsten erwischte der Laster auf die gleiche fiese Weise. Er kam mir immer näher, und was meinen Sie, wie schnell ich die nächste Ausfahrt nahm."

Ich lachte, aber ich spürte, wie gekünstelt mein Lachen klang. „Und dann fuhr ich über die Käffer in mein Städtchen und wollte mich hier bei einem Bier erst einmal vom Schreck erholen. Nun ja, so kann's gehen – vom Regen in die Traufe."

Die Blondine schluckte, dann sagte sie: „Wir sahen einen FlixBus, der uns auf der Gegenseite der A 45 in Richtung Hanau entgegenkam. Er hinterließ eine Trümmerlandschaft an Autos. Er war … wie kann man es beschreiben? … regelrecht durch die Wagen hindurchgepflügt. Wir fuhren an die Seite und sahen ihm nach. Er explodierte einige hundert Meter weiter und brannte aus, aber auf der Gegenfahrbahn … ein Blutbad."

Ein FlixBus. Das hätte ich nicht gedacht. Das war mehr als abscheulich.

In diesem Augenblick ging draußen bei allen Fahrzeugen gleichzeitig das Fernlicht an und tauchte alles in einen unheimlichen Glanz. Knurrend fuhren die Brummis hin und her. Die Scheinwerfer schienen ihre Augen zu sein, und in der zunehmenden Dämmerung sahen die Anhängeraufbauten aus wie die krummen breiten Rücken prähistorischer Mammuts.

Der Juniorchef am Tresen sagte: „Ist es ein Risiko, wenn ich das Licht einschalte?"

„Versuchen Sie es doch einfach", sagte ich. „Dann werden wir ja sehen, was passiert."

Er betätigte an seinem Elektrik-Kasten den Schalter, und an der Decke leuchteten die LED-Lampen auf. Gleichzeitig ging draußen eine bunte Neonreklame an: »Blau. Die Tankstelle mit Pfiff«.

Nichts geschah. Die Wagen draußen drehten weiter ihre Runden.

„Was soll dieser verdammte Zirkus!", rief der Fahrer erbost aus. Er war von seinem Hocker gestiegen und tigerte hin und her. Sein Halstuch hatte er um die Hand gewickelt, es war blutdurchtränkt. „Ich hatte nie Probleme mit meinem Brummi. Ein zuverlässiger alter Junge, aber jetzt! Ich bin hier reingefahren, weil ich meinen Job bei *FAC* erledigen und vorher einen Hamburger essen wollte, und nicht, weil mir die Hölle so gut gefällt!"

Er zeigte nach draußen, und das blutige Halstuch flatterte an seiner Hand. „Mein Brummi steht da draußen. Ich nenne ihn »Bert, mein Brot«. Hoffentlich geschieht ihm nichts. Es ist der mit dem schwachen rechten Hecklicht. Ich fahre ihn schon seit sieben Jahren. Aber wenn ich jetzt zu ihm gehen würde ..."

„Er fährt gerade an", sagte Bernd Blau. Sein hellwacher Blick schweifte vom Fahrer zu Bert, dem Brot, und dann zum Radio. „Schlimm, dass wir keinen Empfang haben. Schauen Sie nur: Bert fährt gerade an, sehen Sie das?"

Der Fahrer und das Mädel waren leichenblass geworden. Bei mir stieg der Blutdruck, doch ich beruhigte mich, indem ich die Ruhe verbalisierte, und ich sagte zu dem Mann am Tresen: „Abwarten! Wahrscheinlich will er nur Ausschau nach seinem Fahrer halten."

„Mir wäre es lieber, er stellt sich wieder dorthin, wo ich ihn geparkt habe, um auf mich zu warten.", sagte Berts Fahrer. „Die Lage wird sich hoffentlich noch entspannen."

„Wie kann es sein, dass sich die LKW einfach so danebenbenehmen?", fragte der Mittzwanziger und strich sich besorgt über seinen Drei-Tage-Bart.

„Sie benehmen sich nicht nur daneben. Sie sind aggressiv!", berichtigte ihn seine Freundin.

„Komisch, absolut komisch", sagte der Fahrer. „Vielleicht wegen dem Sonnensturm."

Der Juniorchef der Tanke hakte ein und erzählte uns etwas über elektrische Entladungen in der Atmosphäre und tat sich wichtig, indem er mit physikalischen Begriffen um sich schmiss. Aber im Grunde hatte er Schiss. Wie wir alle.

„Vielleicht kleine Atom-Bömbchen auf dem ukrainischen Kriegstestgelände", warf der Fahrer ein und grinste irre.

„Vielleicht sind sie ganz einfach verrückt geworden", sagte ich, obwohl ich es besser wusste. Jedenfalls beschlich mich eine Ahnung. Sie waren nicht wegen uns hier. Sie waren wegen der verschissenen *FarAway Company* hier.

In diesem Augenblick fuhr einer der Tesla-Lastwagen auf die Fensterfront zu, und wir wichen automatisch zurück.

»WERNER« stand groß auf dem Nummernschild hinter seiner menschenleeren Frontscheibe.

Und jetzt ging mir ein Licht auf.

Blitzartig wurde mir vieles klar, denn Werner war aus der gleichen selbstfahrenden LKW-Serie wie Willi – und beide hatte ich in Elon Musks Tesla-Fabrik in Grünheide kennen gelernt. Nur hatte ich mich damals nicht mit ihm, sondern mit Willi unterhalten.

Meine Gedanken schweiften ab. Diese wunderbare Zeit in Grünheide! Ich werde sie niemals vergessen. Eine neue Erfahrung hatte sich an die andere gereiht. Elon Musk, seine Zwillinge Griffin und Xavier, sein robotischer Adoptivsohn Mike, seine extravagante Frau Grimes – diese schräge Sängerin und Musikproduzentin, meine Güte, welch ein Bündel neurotischer Erfahrungen.

Nicht zu vergessen, mein Einblick in die Chancen und Risiken der Künstlichen Intelligenz, mein Blick hinter die Kulissen all der Produktionsprozesse …

Aber jetzt war ich wieder zu Hause. Zurück in meinem guten alten Leben, in jenem kleinen Städtchen mit der Eisdiele, die noch lebte. Mein Schuhlädchen »Scarpe Diem« mit seiner immer freundlichen Angela hatte geschlossen. Scheißinternethandel. Ich war todtraurig.

Kann man Jeff Bezos nicht enteignen? Und sein Eigentum zehn Millionen Einzelhändlern übertragen? Wie die Amis Russland zerstückeln und in zehn Staaten umwandeln wollen? Damit sie leichteres Spiel haben.

Kapitel 1
Empörung
[Rückblende, 2020]

Natürlich wollen Sie jetzt wissen, wie es mich damals aus Lich, meiner lieblichen Kleinstadt, nach Brandenburg in Elon Musks kalten Musterbetrieb verschlagen hatte. Es ist ihr gutes Recht. Schließlich haben Sie 12 Euro bezahlt. Lich liegt übrigens am Rande von Latzdorf * und am Rande der *FarAway Company* * und ihrem Logistikmonster. **

Zuvor aber sollten Sie sich im Schnelldurchgang erinnern, wie es überhaupt kam, dass die *FarAway Company* sich in meinem Heimatstädtchen einnisten konnte – und wie die kritischen Bürger voraussahen, dass alles, egal wie man es drehte und wendete, im Chaos versinken würde. Entweder, so sagten die Kritiker, würde unser Landstrich von hunderten Lastwagen pro Tag geflutet und es käme rundum zu Dauerstau und Umweltverpestung. Oder es würde ein riesengroßer Flop werden – zumindest hinsichtlich all der von *FAC* beteuerten vielen Arbeitsstellen und Steuerzuflüsse für unsere Stadt und ihre Bürger.

---

* Eventuell ist es auch umgekehrt …Außerdem nennen es manche Ignoranten Langweilsdorf oder Länglichhausen, meines Erachtens völlig unerheblich, denn es könnte auch Langsdorf heißen – oder so ähnlich.
** Vgl. Lageplan in »Freie Republik Lich – 2023«, s.hier S. 236.

Klar, die Zeit verwischt Spuren, und wir Menschen sind eben sehr vergesslich. Aber vielleicht erinnern Sie sich doch noch an die Leserbrief-Schlachten im *Licher Blättchen*? Damals machte eine couragierte Dame den Anfang und schrieb:

Wer braucht so ein Monster?

Ein derart gigantisches Logistikzentrum am Ostrand unserer Stadt passt einfach nicht zu unserem kulturellen Selbstverständnis. Die Aufgabe unserer Stadtpolitik sollte es sein, ein 20 Meter hohes Monstrum zu verhindern und damit die Qualität einer historischen Kleinstadt zu sichern und weiter auszubauen. »Binnen-Tourismus« könnte das Schlagwort der Zukunft lauten. Mitten in unserer Naturidylle ist ein Logistikmonster ein No Go!

Wir verschandeln unser schönes Stadtbild, wir verpesten unsere Luft und werden eine CO_2-Supermacht, eine Dreckschleuder. Was haben wir davon? Nichts außer einer Menge Schäden und Probleme! Wir machen die Natur platt, und wenn der Mieter, angeblich ein mit Hauptsitz im Ausland angesiedeltes amerikanisches Unternehmen, irgendwann vielleicht pleitegeht, sitzen wir ratlos im Rathaus und können nur raten, wie das Fiasko enden wird. Wer soll dann das Riesenareal renaturieren? Zum Vergleich: Das Brauerei-Areal umfasst 30 000 qm. Das geplante Monster aber verschlingt das Dreifache. Denkt nach, Stadtverordnete, und lasst euch nicht einwickeln! Und eine große Bitte: Verschaukelt uns nicht!

Edith Neuer-Süß, Lich

Ich las es meiner Freundin Stella vor und sagte: „Die Frau ist irgendwie zu bewundern. Obwohl sie schon in Erfahrung gebracht hat, wer der Investor ist und was er so treibt, erwähnt sie ihn namentlich mit keinem Wort. Denn es ist ein Immobilienhai, der den größten Reibach bei der Sache macht."

„Vielleicht ist sie einfach nur feige."

„Glaube ich nicht. Sie will das Pferd nur nicht von hinten aufzäumen. Im Moment hat die Stadt ja noch nichts über den Immobilien-Wucherer und seinen Namen verlauten lassen. Würde der von außerhalb ins Gespräch gebracht, würde es von der Hauptsache ablenken, und die Diskussion würde darauf gelenkt, *wer* hier durchgestochen hat, *woher* man das weiß, *wo* die undichte Stelle sitzt, und wie schrecklich unehrlich es sei, mit »nicht gesicherten« Auskünften zu hantieren und dergleichen mehr. Ist schon klug von ihr, dass sie den Hai namentlich nicht erwähnt."

„Magst recht haben, Herr Superanalytiker", sagte Stella und gab mir einen Kuss.

Ich drückte sie fest an mich. Dann nahm ich einen Schluck aus meiner Kaffeetasse, setzte den analytischen Superblick auf und sagte: „Es wäre ungewöhnlich, wenn sich jetzt nicht eine trotzige Gegenstimme hierzu äußern würde."

„Wer will sich schon als Kaputtmacher outen? Ich bezweifele, dass sich auch nur ein einziger Monster-Befürworter öffentlich äußern wird. Die bleiben im Hintergrund, diese Wühlmäuse. Und sie bleiben gewiss schön still."

Stella täuschte sich.

Die Wühlmäuse trauten sich aus ihren blau-braunen Höhlen mit den Stars and Stripes Flaggen heraus.

Eine Zeit lang blieb der Leserbrief der Frau Neuer-Süß zwar unbeantwortet, und in der Zwischenzeit hatten sich auch andere Leser gegen den Bau-Koloss ausgesprochen. Aber dann wagte sich die Gegenstimme doch hervor. Sie kam. Und sie schlug ein wie eine Briefbombe:

Zum Leserbrief »Wer braucht so ein Monster?«

Kurze Antwort: Wir in Lich! Warum? Darum: Es gibt einen soliden Großinvestor, der sämtliche Nebenkosten bezahlt, der sogar bereit ist, für einen teuren Verkehrskreisel am geplanten Logistikzentrum und dessen jährlichen Pflegeunterhalt aufzukommen. Diese Chance muss unbedingt *jetzt* genutzt werden, sie kommt nicht alle Tage. Es ist ein Geschenk Gottes an uns. Wir müssen nur zugreifen und es dankbar annehmen.

Wollen wir verarmen? Keiner will von seinem Lebensstandard runter! Am wenigsten alle die, die grün angehaucht sind. Wer nutzt denn das Internet und die Handys und lässt sich die Pakete bis vor die Haustür liefern?

Das „Monster"-Vorhaben wird unsere Stadt nicht nur nichts kosten, sondern sehr viel bringen: Steuer-Mehreinnahmen in ungeahnter Höhe, neue Bürger, neue Arbeitsplätze – mindestens 500 – damit flutet eine enorme Kaufkraftwelle unsere Stadt usw. Dieses Logistik-Objekt müssen wir markt- und zukunftsorientiert betrachten, und wir sollten nicht den rein optisch begründeten Gefühlsausbrüchen der Ewiggestrigen unterliegen. Grüne Phantastereien sind jetzt völlig deplatziert. Im Leserbrief vom 2. Mai 2019 suggeriert uns die Schreiberin 20 Meter hohe Lagerhallen. Davon kann absolut keine Rede sein. Es geht um eine Gesamthöhe von höchstens 12 Metern für die Lagerhallen.

Das vielleicht etwas erhöhte Verkehrsaufkommen (es ist alles noch völlig offen!) wird unsere Innenstadt sowieso nicht tangieren. Ja, alle Veränderungen und Erfindungen in der Vergangenheit haben etwas Neues geschaffen und wurden anfangs skeptisch aufgenommen oder sogar abgelehnt, um nach einiger Zeit von Akzeptanz und Erfolg belohnt zu werden. Man denke nur an den Protest vor hundert Jahren gegen die Eisen-

bahn – und was hat uns die Bahngeschichte gebracht? Wohlstand!

Ja, Lich braucht diesen Investor!

Ja, Lich kann mit dem »Logistik-Monster« leben!

Gerald Alt, Lich

„Sehr lustig, sehr, sehr lustig!", meinte Stella.
„Ein Ewiggestriger spricht in der ihm eigenen Be-
triebsblindheit von Andersdenkenden als den
»Ewiggestrigen«. Als sei es altbacken, wenn man
sich gegen ein Projekt ausspricht, das die Umwelt,
unsere Zukunft, unsere Gesundheit, unsere Kultur und unser Wohlbefinden gefährdet. Ist es altbacken, wenn man etwas, was alte eingefleischte
Kapitalisten-Säcke an ihrem Roulette-Tisch aus-
hecken, ablehnt? Profit contra Menschen und Natur, sag ich nur!"

Stella hatte sich in Rage geredet. So kannte ich
sie nicht. Sie starrte angewidert auf die Zeitung,
aus der sie mir gerade den Leserbrief vorgelesen
hatte.

„Rege dich bitte nicht auf. Nicht deswegen!",
versuchte ich sie zu beruhigen.

„Nun also ist die Leserbriefschlacht eröffnet",
entgegnete sie, ohne auf meinen Beruhigungsver-
such einzugehen.

„Willst du dich vielleicht mit einem eigenen
Leserbrief einmischen?" Ich sah sie fragend an.
Und einen kurzen Augenblick lang blickte mich

Stella mit ihren großen braunen Augen an, zweifelnd, ob sie es tun sollte.

Dann schüttelte sie entschieden den Kopf und meinte: „Bringt eh alles nichts. Was kümmert die Monstertypen die Meinung von uns Kapital- und Namenlosen?"

Ende Mai antwortete Leserbriefschreiberin Edith dem Monster-Befürworter Gerald in der gleichen Zeitung:

»Richtigstellung zum Logistikmonster«

Der Leserbrief des Herrn Alt bedarf einiger Klarstellungen. Ich suggeriere keine 20 Meter hohen Lagerhallen – diese Höhe ist eine Tatsache! Sie ist im Entwurf des Bebauungsplans als mögliche Höhe angegeben. Warum sollte sie der Investor nicht ausschöpfen, wenn man es ihm freiwillig anbietet? Je mehr Quadratmeter pro Fläche desto höher sein Gewinn.

Noch immer ist die Frage nicht geklärt, wie das US-Unternehmen tatsächlich heißt und wie es bisher gewirtschaftet hat und was es vertreibt. Angeblich geht es um Möbel. Uff. Warum die Geheimniskrämerei? Und machen wir uns nichts vor: Das *gesamte* Stadtgebiet samt Umgebung, samt Stadtteilen und Zufahrtsstraßen für unsere Pendler wird vom LKW-Verkehrsfluss berührt werden.

Ein Geldsegen steht bei solchen Logistikzentren für unsere Stadt überhaupt nicht in Aussicht. Der Geldsegen regnet nur auf den Investor herab, für uns bleiben Brotkrumen übrig, wenn überhaupt. Vielleicht zahlen wir noch drauf, wie es an anderer Stelle bereits der Fall war. Und wer glaubt überhaupt, dass die oder das Pachtunternehmen seinen Firmensitz in Lich haben wird? Hier wird nur die billige Zwischenlagerung betrieben und der Verkehrsdreck auf uns abgeladen. Mehreinnahmen? Da lachen ja die Hühner. Nur die Rebhühner lachen nicht mehr, denn die sind dann von der Langsdorfer Höhe vertrieben.

Wer sich meiner Kritik mit einem Appell an unsere gewählten Stadtverordneten anschließen möchte, den bitte ich, sich in die demnächst ausliegenden Unterschriftenlisten einzutragen. Und hinweisen möchte ich auf die große Demo am kommenden Wochenende!

Edith Neuer-Süß, Lich

Na ja, so ging es also rund. Zu dieser Zeit arbeitete ich in einem kleinen Licher Verlagsunternehmen gemeinsam mit meinem Arbeitskollegen Ben. Er war fünf Jahre älter als ich, setzte sich wie ich beim kleinsten Sonnenschein stets eine Sonnenbrille auf die Nase, und er war ein echter Kumpel. Er hatte früher als Vermessungsingenieur gearbeitet und interessierte sich sehr für das Thema »Künstliche Intelligenz«, schwärmte von der Robotik-Zukunft und von selbstfahrenden Autos.

[Später sollte er es sein, der mich ermutigte, mich bei Musks Tesla-Fabrik im brandenburgischen Grünheide als

PR-Chef zu bewerben. Ohne ihn hätte ich Willi, den mit KI ausgerüsteten selbstfahrenden Truck, wohl niemals kennen gelernt. Doch greifen wir der Geschichte nicht vor.]

Ben half nun, zwei Jahre nach seiner Frühverrentung, im Verlagswesen mit. Ein kleiner Teilzeitjob. Korrekturen, Recherchen, Ablage- und Archivarbeiten, Zusammenstellung von Dokumentationen und all solch feine Sachen übernahm er. Was immer an Arbeit anfiel, erledigte er im Handumdrehen, gewissenhaft wie er war. Natürlich interessierte er sich für das von den untreuen Stadtvätern eingeleitete Genehmigungsverfahren für den Logistikklotz.

„Wie schnell die Bürokraten in dieser Sache plötzlich vorwärtskommen", meinte er. „Ansonsten dauern solche Verfahren einige Jahre, aber hier scheint jemand mit viel Einfluss auf wenig saubere Weise ein bisschen nachgeholfen zu haben. Mir juckts in den Fingern, einen Leserbrief zu schreiben."

Ben war von Natur aus und aufgrund seines beruflichen Werdegangs ein absolut sauberer und versierter Rechercheur. Jeder Investigativ-Journalist hätte ihn beneidet. Ben und seine Freunde hatten die merkwürdige Rolle von Bürgermeister Groß und seinen noch merkwürdigeren Verbindungen zu dem in Frage stehenden Immobilienhai aufgedeckt.

Ben und seine Freunde waren allesamt gegen den Koloss, den man mitten in die Natur pflanzen wollte. Man hatte eine Bürgerinitiative gegründet. Irgendwie interessierte mich das Thema zwar, auch weil Stella letztlich so energisch Partei ergriffen hatte. Aber ehrlich gesagt, es berührte mich zu diesem Zeitpunkt nicht sonderlich. Nun gut, immerhin saßen die Bürger nicht stumm auf ihrem Sofa rum, sondern engagierten sich endlich. Für mich ein Hoffnungsschimmer. Ich war auch mitmarschiert. Sogar meine Buchhändlerin, Frau Eggnus, hatte an der Demo gemeinsam mit mehreren hundert Bürgern teilgenommen und ihren Kommentar kurz und bündig in die *Hessenschau-Kamera* gesprochen: „Das ist der Tod für Lich. Mehr brauch' ich gar nicht sagen."

Eine Woche später konnte ich Bens Leserbrief im *Licher Blättchen* nachlesen:

»Wer braucht so ein Monster? Niemand!«

Eine Klarstellung: Es ist auf diesem Riesenareal nicht nur mit 20 Meter hohen unansehnlichen Hallen zu rechnen, hinzu kommen noch Abstellplätze für 66 LKW und 342 PKW. Man plant mit rund 800 LKW-Bewegungen pro Tag. Eine unglaubliche Luft- und Verkehrsbelastung rollt damit auf uns zu. Für die Fahrer sind WCs und Duschanlagen vorgesehen. Es wird eine „1000-Mann-Hotelanlage auf Rädern" mit entsprechenden Servicebetrieben und unabsehbaren Belastungen.

Nun zu den Kosten: Bisher gaben unsere Stadtväter 2,5 Millionen Euro aus, um die 20-ha-Ackerfläche für den Investor aufzukaufen, was einen qm-Preis von 12,50 ergibt. Das ist weit überzogen, normaler Weise liegt der Preis in vergleichbaren Gegenden bei 6,25 Euro. Ein Geschenk für die Vorbesitzer und für den Investor in Höhe von 1,25 Millionen! Man könnte auch von Veruntreuung sprechen. Schon jetzt sind die Bürger unserer Heimatstadt die Verlierer.

Öffentlich wird uns Bürgern zwar erklärt, die Stadt erwirtschafte durch den Verkauf der Langsdorfer Höhe einen Gewinn von 1,3 Millionen. Aber das ist heiße Luft. Wenn man den Haushaltsplan genau durchforstet, kommt man jetzt schon auf rund 1 Million Miese – ohne Folgekosten für das Monstrum!

Was den angeblichen Zugewinn aus Steuereinnahmen betrifft, so werden wir für dumm verkauft. Kein einziger nennenswerter Cent wird in die Stadtkasse fließen. Es wäre ein Wunder, wenn der Hallenmieter, über den man uns wohlweislich noch nichts Konkretes wissen lässt – das könnte ja die Argumente gegen das Monstrum untermauern! – in Lich seinen Hauptsitz hätte … und nicht in irgendeinem Steuerparadies. Denn nur dort, wo der Geschäftssitz ist, wird Gewerbesteuer fällig. Lich ginge dann leer aus.

Herr Gerald Alt wirft fleißig mit Nebelkerzen um sich, was einer Sachdiskussion nicht dienlich ist. Natürlich wird unser gesamtes Stadtgebiet durch den enormen Mehrverkehr belastet werden. Wer dies bezweifelt, sollte sich vergleichbare Zentren anschauen. Aber da bremsen entweder die Bequemlichkeit oder gar die im weitesten Sinne gekaufte Willfährigkeit gegenüber den dicken Kapitalinteressen.

Es gibt mehr Arbeitsplätze? Vielleicht – wenn überhaupt! – ein- oder zweihundert prekäre Arbeitsplätze, die bei entsprechender Unterbezahlung vielleicht auch noch vom Landkreis mit Hartz-4-Leistungen aufgefüllt werden müssen? Immer das gleiche Lied. Und das wird uns auch noch von Sozialdemokraten vorgepfiffen. Von CDU und FDP sind wir es ja gewöhnt, aber von einem SPD-Bürgermeister wäre anderes zu erwarten! Nun sagt manch einer zu Recht: Bonzenwirtschaft.

Und das Klima und die Natur? Kleinkram? Weiß Gott nicht! Durch die großflächige Bodenversiegelung wird sich auch das Kleinklima in diesem Bereich stark verändern. Die aufgeheizten Flächen werden verhindern, dass es in unseren zunehmend heißeren Sommern nachts richtig abkühlt. Auch das Regenwasser, was normal versickert und dem Grundwasser zugutekommt, muss teuer aufgefangen und abgeleitet werden – im Übrigen auf Kosten von uns Bürgern. Dazu der enorme Stromverbrauch und die Lichtverschmutzung, denn so ein Monster will Tag und Nacht im Rampenlicht stehen.

Wer sich Gedanken zu den ökologischen, ökonomischen, gesundheitlichen und städtebaulichen Auswirkungen solcher Mammutprojekte macht, ist alles andere als ein »Ewiggestriger«. Im Gegenteil: Wer heute noch auf »Wachstum um jeden Preis« setzt und das Amazon-System unterstützt, aber die heimische Innenstadt dem Kahlschlag kampflos preisgibt, ist nicht nur von vorgestern, sondern schlichtweg verantwortungslos.

Und wer hat sich Gedanken gemacht, was Sache ist, wenn der Hallenmieter eines Tages die Flatter machen sollte? Was ist dann angesagt? Renaturierung? Auf wessen Kosten? Und wie ist das mit dem Immobilienaufkäufer geregelt? Oder wird neu vermietet? Aber an wen? Und welchen Einfluss hat unsere Stadt darauf? Und welche neue Kosten kommen dann auf unsere Stadt zu?

Was wir brauchen ist Nachhaltigkeit und dezentrale Strukturen. Amazon nachäffende rücksichtslose Großlogistiker sollten ihre Monsterprojekte genau in jenen Villenvierteln errichten, in denen ihre raffgierigen Vermieter, die Immobilienhaie, wohnen.

Ben Carl, Lich

Kapitel 2
Vorsorge & Angriff
[Vorblende 2025]

Ich saß immer noch in der Tanke fest und grübelte. Wer oder was hatte die Lastwagen, die eigentlich der *FAC* zu Diensten sein sollten, kirre gemacht? Kleine Atom-Bömbchen? Mysteriöse elektrische Entladungen? Ein wütender Sonnensturm? Ich wusste nicht, was ich davon halten sollte und hielt meine These für die Plausibelste.

Und sie lautete: Die LKW vor Blau's-Tanke waren nicht wirklich verrückt geworden. Dahinter steckte ein Plan.

Ich liebe es, mir Lügen anzuhören, wenn ich die Wahrheit kenne. Und Werner, der Tesla-Laster, glotzte mich noch immer mit seinen großen grellen Scheinwerferaugen durch die Fensterfront hindurch an. Die Wahrheit war, dass Willi, der kluge und mutige LKW, all diese Selbstfahrer organisiert hatte. Alles andere waren Lügen, die auf Vermutungswissen beruhten. Von wegen Sonnensturm und so.

Aber warum griffen sie uns hier in der Tanke an? Meine Hoffnung für uns bestand in der Chance, dass mich Willis starker LKW-Freund Werner, ein krasser KI-Tesla, wiederkennen würde. Von damals noch, aus den guten, alten, aufregenden Grünheider Zeiten in Musks Gigafactory. Würde er sich an mich erinnern? Speicherplatz und Recheneinheiten sollten ihm hinreichend zur Verfügung stehen, um alle relevanten Informationen aus der Vergangenheit aufzurufen. Hilfreich würde seine KI-Fähigkeit der Gesichtserkennung sein. Er müsste mich sofort erkennen.

Allein meine Nase!

Vielleicht würden er und seine Kollegen mit uns vernünftig kommunizieren und uns nicht als *FAC*-Feinde bekämpfen. Denn eines schien klar zu sein: Sie wollten gegen das Logistikmonster Krieg führen, nicht gegen uns. Gewiss, es konnte eine Verwechselung vorliegen. Oder war die Tanke das infrastrukturelle Vorfeld, das man zuerst plattmachen musste? Ich war mir nicht sicher.

Ich stand immer noch an der Fensterfront, zeigte wie ein Irrer auf mein Gesicht und winkte Werner enthusiastisch zu. Aber er reagierte überhaupt nicht freundlich. Im Gegenteil. Er fuhr ein Stück zurück und gab dann Gas, um mit Karacho auf das Tankstellengebäude zuzurasen. Ich flüchtete erschrocken nach hinten. Doch kurz vor dem Crash bremste Werner derart abrupt, dass unter seinen Rädern die Funken in den Nachthimmel stoben.

Gegen einundzwanzig Uhr ging ich zu Berni. Als Juniorchef der Tank- und Raststätte musste er meine Frage beantworten können. „Wie sind Sie ausgestattet? Ich meine, für den Fall, dass wir hier länger bleiben müssen?"

Bernd Blau stand immer noch hinter dem Tresen. Er runzelte die Stirn. „Es sieht gar nicht so schlecht aus. Gestern früh kriegten wir eine große Lieferung. Wir haben jetzt achtzig Dosen Bockwürste, rund dreihundert Tiefkühlbrötchen, fünfzig Blätterteigtaschen, gleiche Anzahl Tiefkühlpizza und Hamburger, zehn Packungen Dosengemüse und Dosenfrüchte sowie eine Ladung Frischobst und Frischgemüse, Eier, Butter und zehn Stangensalami."

Ich nickte zufrieden. „Und wie sieht es mit Getränken aus?", fragte ich.

„Milch, Wasser, Bier und Limo nur noch, was in der Kühlung steht. Letzte Woche hat der Getränkelieferant für heute Nachmittag Nachschub angekündigt, aber wie es aussieht, hm …" Er verzog sein Gesicht.

„Wie es aussieht, wird er nicht kommen können, und keiner von uns weiß, was da draußen los ist", schaltete sich der Mittzwanziger ein.

Ich sah den Jungen nachdenklich an, und laut sagte ich: „Herr Blau, glauben Sie, dass wir fünf es hier auch länger als drei Wochen aushalten könnten." Ich weiß nicht, warum ich damals ausgerechnet drei Wochen im Sinn hatte, es hätten genauso gut nur zwei Tage, aber auch zwei Monate oder mehr sein können.

„Wenn es drauf ankommt, könnten wir es hier länger als einen Monat aushalten", sagte der Sohn des Tankstellen-Besitzers. „Wir haben ja noch den alten Brunnenanschluss; dafür hat mein Vater gesorgt. Wasser ist die Hauptsache. Wasser dürfte also kein Problem sein."

„Sie können mir bitte gleich mal ein Glas Wasser geben", sagte ich und schaute dann nach draußen. Ich sah die Reihe der Lastwagen, aus der gerade Bert ausscherte, um mit der Patrouillenfahrt in Kreisen und Achterschleifen fortzufahren.

Berts Fahrer sah es mit einem Blick, der zwischen Verwunderung und Bewunderung zu changieren schien. Er kam rüber zum Tresen und sagte, ohne jemanden anzusehen: „Ich brauche Zigaretten. Aber euer supermoderner Zigarettenautomat ist gerade jetzt, wo man ihn dringend braucht, natürlich defekt. Jede normale Tanke hat Regale voller Tabak und Zigaretten, nur Sie hier …" Jetzt sah er vorwurfsvoll den Juniorchef an.

„Wir haben das Zigarettengeschäft an ein Subunternehmen ausgegliedert. Wir mussten für unsere anderen Angebote Regale sparen … tut mir echt leid."

„Haben Sie irgendwo Werkzeug?"

„Hinten in den Vorratsräumen."

Wortlos ging Berts Fahrer nach hinten. Als er zurückkam, hatte er ein Stemmeisen in seiner Hand. Er fing an, den Automaten zu traktieren.

Ich wendete mich wieder dem Juniorchef zu und sagte: „Diese Mist-Brummis haben unser Städtchen in den letzten vier Jahren verschont. Entgegen aller Erwartungen. Es waren nicht viele, die uns belästigten. Am Tag vielleicht eine Handvoll. Wir haben sie nicht gespürt. Es gab weder irgendeinen Stau noch schlechte Luft wegen dieser paar Hanseln. Und jetzt?"

„Jetzt drehen sie am Rad", antwortete der Juniorchef trocken und stellte ein Glas Wasser für mich auf den Tresen.

Das Blondinchen holte ihr Handy hervor und suchte darin nach irgendwas. Nach einer Weile verkündete Helene Fischer singend, dass sie atemlos durch die Nacht lief. Die jungen Leute hatten einen anderen Musikgeschmack. Aber egal, das Mädel war glücklich, weil sie ein paar Songs auf ihrem Playlist-Speicher geladen und nun mit Hilfe der letzten Reste ihres Akkus abspielen konnte.

Ich ging mit meinem Wasser hinüber in eine der Nischen, setzte mich und schaute aus dem Fenster. Ich sah etwas, was mich stutzig machte. Ein Kleinlastwagen, es war ein VW-Crafter, hatte sich zu der LKW-Clique gesellt wie ein Zwergpony zu einer Herde bulliger Oktoberfest-Pferde. Ich trank aus meinem Glas einen Schluck Wasser und beobachtete ihn, bis er einfach über die Leiche des Schuljungen aus dem Mercedes hinwegrollte, und dann sah ich weg.

„Sie sollen uns doch zu Diensten sein. *Wir* haben sie doch konstruiert", sagte die Blondine jetzt in jämmerlichem Ton. „Sie können uns doch nicht so undankbar behandeln. Wir sind ihre Geburtshelfer und nicht ihre Feinde!"

Ihr Freund nahm sie in den Arm und streichelte beruhigend über ihren Kopf. Berts Fahrer hatte den Automaten geknackt und bediente sich, während er uns eine Handvoll Schachteln zuwarf. Er selbst nahm alle zwölf Packungen »Marlboro Gold«, die noch verfügbar waren. Er steckte sie in verschiedene Taschen und riss eine Schachtel auf. Er wirkte so maßlos, dass ich mir nicht im Klaren war, ob er sie rauchen oder essen wollte.

Aus dem Handy des Mädchens ertönte der nächste Song. Und das war wirklich erstaunlich, denn jetzt sang Rio Reiser, dass er »Für immer und dich« existierte. Meine Vorurteils-Brandmauer gegen die Stumpfheit der jungen Generation stürzte zusammen wie alle Ehrenwörter aller jemals existierenden CDU-Häuptlinge.

Zwei Stunden vor Mitternacht fiel der Strom aus. Das Mädel bekam einen hysterischen Anfall und schrie, als das Licht plötzlich erlosch. Ich konnte sie verstehen, es war wirklich unheimlich. Der Schrei verstummte plötzlich, als hätte ihr Freund ihr die Hand auf den Mund gelegt. Ihr Handy war schon seit einer Stunde stumm geblieben. Der Akku war leer und hing jetzt am Netz, das nun auch keinen Saft mehr liefern konnte.

Zuletzt hatte uns Adele »Hello, can you hear me?« zugerufen.

Jetzt herrschte Totenstille im Raum.

Der Fahrer war der Erste, der etwas sagte, wenn auch wenig stilvoll: „Verdammte Kacke!"

„Gibt es hier vielleicht Kerzen oder Taschenlampen?", rief ich dem Juniorchef am Tresen zu.

„Ich denke schon. Warten Sie … hier im Notfallkasten liegen ein paar Kerzen und eine Stablampe."

Ich stand auf und ließ mir die Kerzen geben. Wir zündeten sie an. „Ich bitte Sie alle – seien Sie mit dem offenen Licht vorsichtig!", sagte ich. „Vergessen Sie nicht, dass wir uns auf einer Tankstelle und nicht in einem Filmstudio befinden. Wenn wir aus Versehen den Schuppen anzünden, werden wir zwar die Lastwagen daran hindern, uns aufs Korn zu nehmen, aber vorher sind wir nur noch ein Häuflein Asche."

Bernd Blau lachte grimmig. „Ach was! Sie machen irre Witze, Sie Witzbold!"

Ich schwieg. Was hätte ich auch sagen sollen?

Dann stellten wir die Kerzen auf die Tische, sodass der Raum in einem schummerigen, aber überschaubaren Zwielicht flimmerte. Die Stablampe hängte ich mir an den Gürtel. Der Junge und seine Blondine hockten nebeneinander in einer der Nischen am Fenster und starrten gebannt nach draußen.

Der Fahrer von »Bert, mein Brot« stand nachdenklich an der Hintertür und beobachtete sieben weitere schwere LKW, die scheinbar aus dem Nichts gekommen waren und sich zu den anderen gesellt hatten und nun zwischen den weitläufigen Betonstreifen mit den Zapfsäulen hin- und herpendelten.

„Sie denken über Bert nach?", fragte ich.

Der Fahrer sah mich missmutig an. „Bert ist meine Garantie für mein »Täglich Brot gib mir heute«. Er ist meine ganze Existenz. Wenn er mir abtrünnig wird, ist's für mich vorbei. Aus. Dann hab ich fertig, verstehen Sie?"

Ich nickte wissend.

„Wenn der Strom auf Dauer ausfällt, sitzen wir ganz schön in der Falle", sagte der Juniorchef plötzlich.

„Warum?", fragte die Blondine, und ich schloss mich ihrer Frage an und sagte: „Und was bedeutet das für uns?"

„Die Frische-Theke! Denken Sie doch nur an die Hamburger und die tiefgefrorenen Pizzen und all das Zeug. Es vergammelt."

„Uns bleiben die Konserven", meinte ich. „Auch die trockenen Lebensmittel brauchen keine Kühlung."

Bernd Blau verzog keine Miene, cool stellte er fest: „*Das* ist nicht das Problem. Ohne Strom arbeiten die Zapfsäulen nicht. Dafür haben wir ein

Notstromaggregat, aber nicht für den Brunnen. Ohne Pumpen kein Wasser aus dem Brunnen."

„Oh, das ist wirklich ein Problem", sagte ich. „Vielleicht ist der Hexenzauber aber schon in wenigen Stunden vorüber, dann wären die Probleme bloß hypothetischer Natur."

Alle sahen mich ungläubig an – und ich selbst traute meinen eigenen Worten nicht. Wie war das nochmal: Ich liebe es, mir (meine eigenen) Lügen anzuhören, wenn ich die Wahrheit kenne, nicht wahr?

„Ja, das ist ein dickes Problem, denn ohne Wasser halten wir es höchstens eine Woche aus", sagte der Juniorchef und sah mich hilfesuchend an.

„Alles Wasser, das schon hochgepumpt ist, müssen wir abzapfen und in Gefäße füllen, bis nur noch Luft kommt. Und in den Spültanks der Toiletten befindet sich sauberes Wasser. Ausschöpfen und abfüllen. Lasst uns gleich beginnen", sagte ich mit Entschiedenheit in der Stimme und fügte hinzu: „Wir können uns auch duzen. Ich bin Stefan. Ich schöpfe jetzt das Toilettenwasser ab."

„Wissen Sie – äh weißt du, wo die Toiletten sind, Stefan?", sagte Berni.

Ich sah ihn mit großen Augen an. „Na, wahrscheinlich, wenn ich hier nach hinten durchgehe."

„Nein, sie sind nur von der Rückseite des Gebäudes zugänglich, damit wir die Kunden nicht dauernd mit ihren Toilettenanliegen an der Backe haben."

„Ich glaube nicht, dass jetzt noch Kunden kommen."

„Ich meinte nur, wenn …"

„Habe verstanden: Ich muss hinaus ins Freie und dann um die Ecke, das meinst du?"

„Ja. Der kürzeste Weg ist links herum."

„Hast du einen Eimer?"

Bernd ging in den Nebenraum und kam mit zwei blauen Plastikeimern zurück. Der Mittzwanziger kam herüber zu mir.

„Wollen Sie, ich meine: Willst du alleine gehen?"

„Wir brauchen so viel Wasser wie möglich. Wenn du mir hilfst, geht es schneller."

„Dann gib mir auch einen Eimer."

Ich reichte ihm einen.

„Aaron!", rief das Mädchen in weinerlichem Ton. „Und ich? Du …"

„Ich bin nur kurz draußen, Julie, du wirst es doch einen Moment lang aushalten, oder?"

Sie raufte sich die Haare.

Er sah sie jetzt nur an, und sie schwieg. Aber dann nahm sie ein Buch aus ihrer Tasche und riss Seite für Seite heraus.

Der Fahrer sagte: „Ich bin Olli, und wenn ich was helfen kann, dann lasst es mich wissen." Er rauchte seine x-te Zigarette und schaute zu Boden.

Er konnte sein Grinsen nicht verbergen, es war wohl das Nikotin, das ihn fröhlich stimmte.

Aaron und ich gingen zur Seitentür, durch die ich am Vortag hereingekommen war. Wir blieben einen Augenblick stehen und sahen die Umrisse der umherfahrenden Lastwagen dunkler werden.

„Was jetzt?", fragte der Mittzwanziger. Sein Arm streifte meinen, und seine Bizeps spannten sich und schienen sich mit 1000 Volt aufzuladen. Wer sich jetzt mit ihm angelegt hätte, wäre verloren gewesen.

„Bleib ganz ruhig Aaron. Wir müssen bedachtsam vorgehen. Keine Schnellschüsse. Die Dinger da draußen sind im Moment unberechenbar!", sagte ich.

Er lächelte verunsichert. Etwas gequält, aber immerhin ein Lächeln.

„Dann voran!"

Wir verließen lautlos den Seiteneingang. Die Nachtluft war abgekühlt, und in der Nähe zirpten Heuschrecken. Von drüben, vom Abflussgraben, hörte man Frösche quaken. Aber hier, ganz in unserer Nähe, um die Ecke, patrouillierten sie – wir hörten das Dröhnen und Grollen der Laster merklich lauter und drohender als hinter dem Schutz der dreifach verglasten Fensterfront.

Fensterfront – Schutz – Sicherheit? Ich schob die drei irreführenden Begriffe zur Seite und konzentrierte mich auf die hier herrschende unbegreifliche Wirklichkeit, wo vielleicht der Tod auf uns lauerte.

Auf Zehenspitzen tappten wir an der gekachelten Außenwand entlang. Das überstehende Dach warf seinen nächtlichen Schatten, der uns Deckung gab. Nur zwanzig Schritte vor uns sah ich meinen ruinierten 2014er Ford. Die Tankstellenbeleuchtung tauchte das Elend in ein noch elendigeres Licht. Es spiegelte sich auf dem geschundenen Metall und Blut meines einst so treuen fahrenden Gefährten – Blut, das aus einem See von Diesel und schwarzem Öl bestand.

Und drüben, auf der anderen Straßenseite am übermannshohen Sichtschutzzaun der *FarAway Company,* direkt am Pfosten einer Straßenlampe, konnte ich ein weiteres geschreddertes Auto liegen sehen. Viel Verrücktes geschah derzeit auf der Welt – und sogar Musk war vollständig durchgedreht und mischte in der verrückten Regierung der Verrückten Staaten von Amerika mit – er, dem ich als PR-Chef in der Gigafactory treu gedient hatte. Dort, wo ich Willi und Werner kennen und schätzen gelernt hatte.

Waren die Lastwagen da draußen auf Weisung von Musk durchgeknallt? Nach dem Motto: Wie der Herr, so's Gescherr …

Oder gab es gar eine Verbindung zwischen Trump, diesem lebenden Laster, und den hier wütenden Lastern? Auf der Herfahrt hatten sie im Autoradio gemeldet, dass Trump sich Kanada, den Panamakanal, Grönland und den Gazastreifen unter den Nagel reißen wollte. Einfach nur verrückt. Und irgendwie unverschämt imperial. Nun ja, alles weit weg … aber was, wenn Elon Musk, Trumps Ausputzer und best body, hier in good old Germany ebenso seine verrückten Spuren legte?

Hatte er die rollenden Logistik-Viecher mit völlig unberechenbarer Idioten-KI ausgerüstet, um unser Land zu destabilisieren? Damit die AFD das Rennen macht? Auch wenn mir diese Gedanken blitzartig durch den Kopf gingen, so wurden sie durch die hier drohende unmittelbare Gefahr im Nu eliminiert.

„Aaron", flüsterte ich, „du gehst aufs Herren-Klo, nimm den Deckel vom Spültank, achte drauf, dass nichts reinfällt, und schöpfe das Wasser mit dieser Kelle raus." Ich reichte ihm den Suppenschöpfer.

Mir war eines bewusst: Die Gefahr kam nicht nur von den dröhnenden Diesel, sondern insbesondere von den fast geräuschlosen Tesla-LKW, von diesen verrückten Produkten dieses verrückten Mr Musk. Der Lärm der patrouillierenden Diesel-Laster schien näher zu kommen. Als Aaron in der Toilette verschwunden war, konzentrierte ich mich allein auf sie. Beruhigt stellte ich fest, dass es nur das Echo war, das von den Ecken und Kanten des Gebäudes zurückgeworfen wurde.

Wir hatten vielleicht nur sieben oder acht Meter laufen müssen, aber uns war es wie eine Ewigkeit vorgekommen. Jetzt drückte ich schnell die Tür zur Damen-Toilette auf. Auch meine Muskeln spannten sich plötzlich an – wie zuvor die Muckis des jungen Mannes. Das Adrenalin. Ich atmete schnell und schwer. Auf dem Boden lag eine Damenbinde, fast wäre ich darauf ausgerutscht. Im Vorüberhasten fiel mein Blick kurz in den Wandspiegel über dem Handwaschbecken. Ich sah blass und übermüdet aus, mit dunklen Augenringen und zusammengekniffenen Lippen. Das war nicht ich. Oder doch?

Ich nahm den Plastikdeckel vom Spültank und füllte mit der zweiten Kelle meinen Eimer. Ein wenig musste ich zurück gießen, damit er nicht überschwappte, und dann ging ich zur Tür.

„Und?", sagte ich halblaut vorm Herren-Klo.

„Okay", stöhnte der Junge.

„Eimer voll?"

„Klar!"

Wir gingen wieder nach draußen. Wir waren vielleicht fünf Schritte gelaufen, als uns Halogen-Spotlights anstrahlten. Er hatte sich wie ein Indianer herangeschlichen, also wie ein indigener Indianer. Seine riesigen Räder mahlten ganz langsam den Kies. Natürlich hatte er uns bemerkt und im Auge behalten und auf einen günstigen Augenblick gewartet.

Jetzt setzte er wie ein Tiger zum Sprung an. Seine grellen Scheinwerfer, diese unbarmherzigen Sehorgane, schienen entfesselt und suchten jede unserer Bewegungen zu erfassen. Sein riesiger Kühlergrill funkelte gierig im Gegenlicht seines Kampfgefährten. Ich war überrascht. Sie kamen von zwei Seiten. Zwei Kerle hatten uns aufgelauert, hatten uns in die Zange genommen.

Aaron blieb bestürzt stehen. Sein Blick war leer und sein Gesicht von Panik gezeichnet. Panik macht kopflos. Ich musste handeln und stieß ihn vorwärts. Aus seinem Eimer schwappte eine gute Portion unseres wertvollen Wassers.

„Mach! Lauf schon! Mach vorwärts!", brüllte ich.

Im Hintergrund dröhnten die Dieselmotoren der anderen Biester, aber die hier vor uns waren geräuschlos und sehr gefährlich.

Da war die rettende Tür.

Ich griff an Aaron vorbei, um sie zu öffnen. Doch bevor ich die Klinke drücken konnte, wurde sie von innen aufgerissen. Aaron stürzte hinein, und ich sprang an ihm vorbei.

Als ich mich umdrehte, sah ich den batterieelektrischen Tesla-37-Tonner die gekachelte Wand entlang streifen. Ein ohrenbetäubendes Knirschen und Krachen begleitete die umherfliegenden Kacheln. Es hörte sich an, als würden die Riesenkrallen eines Allosaurus mit seiner Vier-Meter-Größe und der Macht seiner 1,5 Tonnen Gewicht versuchen, ein Albtraum-Gemälde des Mesozoikums in die Wand einzugravieren.

Dann krachte der Tesla-Brummi mit seinem linken Kotflügel und dem Kühlergrill gegen die noch immer offene Tür. Putz, Holz-, Metall- und Glassplitter wirbelten herein. Die stählernen Türangeln schienen perforiert und rissen ab wie die Blätter von einer Küchenrolle. Die einst bescheiden schützende Tür flog in die Nacht hinaus wie in einem grässlichen Gemälde von Hieronymus Bosch.

Der Laster raste geräuschlos zurück auf den Parkplatz. Das andere Tesla-Ungeheuer folgte ihm, und wenn ich mich nicht irrte, dann schienen beide irgendwie enttäuscht und wütend zugleich zu sein – obwohl ich es nicht beschwören kann.

Als ich für einen kurzen Augenblick das Cockpit des zweiten Tesla-Trucks erblicken konnte, sah ich, dass es Werner war. Ich winkte ihm verzweifelt zu, aber er hatte bereits abgedreht und blinkte mit seinem Fernlicht einem weiteren Tesla-Truck zu, der gerade auf das Gelände fuhr. Eine Menge anderer Monster folgten ihm, Radlader von der Größe eines kleinen Einfamilienhauses, Zugmaschinen mit Tief- und Hochlader, Kipper, ein Kran mit Abrissbirne und ein Liebherr L556.

Mein Atem ging schnell, doch schneller schien mein Herz zu hämmern. Ich dachte, dass sich so vielleicht ein Herzinfarkt ankündigen würde. Meine Knie waren butterweich und ich wäre fast vor dem Tresen eingeknickt, hätte mir

Bernd nicht sogleich einen Stuhl unter den Hintern geschoben.

Aaron stellte den Eimer ab und stolperte erschöpft in die Arme seiner Freundin. Unsere Wasserausbeute war nicht der Rede wert. Wir hatten einen ganzen und einen viertel Eimer mitgebracht.

Und jetzt? Hatte sich unser lebensbedrohlicher Einsatz gelohnt?

„Nein! Nein! Nein!", schrie ich laut in den Raum. Alle sahen mich völlig erschrocken an. Niemand hatte die Frage gestellt, sie war bloß in meinem Kopf entstanden.

Mein Schrei hatte jedoch bewirkt, dass alle nach draußen sahen, vor sich das riesige klaffende Loch, das der Tesla-37-Tonner in unseren Schutzraum gerissen hatte.

„Wir sollten dieses Loch verrammeln", sagte der Juniorchef. Schließlich war er besorgt um die Tanke, die eines Tages Teil seines Erbes sein würde. „Wir müssen weiteren Schaden am Gebäude verhindern!"

Alle lachten wie irre laut auf.

„Es geht natürlich und hauptsächlich um *unseren* Schutz vor diesen Ungeheuern …"

„Hast du etwas, was wir als Sperre hinbauen können?", fragte ich.

„Müssen wir uns überhaupt die Mühe machen?", warf Olli ein und steckte sich mit zitternder Hand eine Marlboro Gold an. „Diese Biester kriegen hier doch kein einziges Rad durchs Loch!"

„Die großen Biester machen mir auch keine Sorgen", antwortete ich dem Fahrer und zeigte hinaus, wo neben seinem Bert gerade eine Handvoll Kleinlaster Stellung bezog.

„Kommt mal mit, ihr beiden", sagte Berni und führte Olli und mich in den hinten gelegenen Lagerraum, wo wir neben Wellblech-Abdeckungen, Holzbalken und EU-Paletten auch Metall-gitter entdeckten. „Mit dem ganzen Kram können wir den malträtierten Seiteneingang so gut es geht verrammeln!"

„Ein Versuch ist es wert", sagte Olli.

Nach einer Stunde, in der auch das junge Pärchen mit anpackte, hatten wir eine wahrlich bombastische Absperrung hingekriegt. Eine andere Sache war, ob die Sicherheit vortäuschende Optik tatsächlich dem Angriff eines PS-starken Monsters standhalten würde.

Ich ließ mich in einer der noch intakten Nischen nieder, um zu verschnaufen. Hinter dem Tresen war die IKEA-Uhr um sechs Minuten nach zehn Uhr stehengeblieben. Ich schätzte, dass es jetzt elf Uhr war – aber es war eigentlich völlig egal. Ich konnte mir nicht vorstellen, dass schon in einer Stunde die guten Mitternachtsgeister kamen, um uns von den Albtraum-Maschinen da draußen zu erlösen.

Sie drehten vor den Zapfsäulen weiter ihre Runden, lösten sich ab, beäugten uns unentwegt mit ihren widerlich grellen Scheinwerfer-Augen.

Fünf führerlose Kleinlastwagen näherten sich unserem befestigten Seiteneingang, wohl um sich zwischen ihren größeren selbstfahrenden Gefährten aufzuspielen.

Ich döste weg, und statt Schafe zu zählen, zählte ich diese verdammten Monster-Trucks. Wie viele gab es in Deutschland und wie viele in ganz Europa? Trucks mit Anhängern, Gigaliner, Brummis mit Tieflader, Sattelschlepper, Kipper, ganz gewöhnliche Lastkraftwagen, Radlader, große Schneeräumer aus alpinen Skigebieten, Riesentraktoren und Monsterbagger, Dreivierteltonner, Zehntausende von Armeelastwagen und über hunderttausend zivile Stadtbusse.

Eine albtraumhafte Dystopie beschäftigte meinen Thalamus, während ich unruhig dahindämmerte. Ich lebte in einer Welt voller Weihnachtsmärkte, durch die unentwegt Sattelschlepper pflügten und lebende Weihnachtsmänner massenweise niedermähten. Es gelang mir, die Schreckensvisionen abzuschütteln und in einen etwas tieferen, aber immer noch störanfälligen und oberflächlichen Schlaf zu fallen.

Irgendwann muss ich dann doch in einen erholsamen Tiefschlaf gefallen sein, der mich Kraft tanken ließ. Anders ist nicht zu erklären, dass ich die kommenden Stunden mit absoluter Aufmerksamkeit bewältigen konnte.

Wach wurde ich, als Arturo Groß anfing zu schreien. Es mochte fünf Uhr morgens gewesen sein, jedenfalls hörte ich – wie zum Hohn und im Wechsel zu Arturos Schreien – in weiter Entfernung einen Hahn krähen. Ein verblassender Sommermond machte einem nahenden Morgenrot Platz, während das sanft-dumpfe Dröhnen der leerlaufenden Diesel von einem neuen, aufdringlichen und klapprigen Geräusch übertönt wurde.

Ich suchte nach dem Verursacher dieser furchtbar hässlichen Töne und entdeckte einen großen Heuwender, der am Abflussgraben entlangfuhr. Die zahllosen Zinken seines Wende-Rechens drehten sich langsam und unerbittlich.

Wieder waren entsetzliche Schreie zu vernehmen. Zweifellos kamen sie aus dem Abflussgraben: „Hilfe ... So helft mir doch ..."

„Wer ruft da?", fragte die Blondine und hielt sich die Ohren zu. Im Halbdunkel sah ich ihre schreckgeweiteten Augen. Sie musste in eine Art Panikstarre verfallen sein.

„Niemand", sagte ich.

„Er ... er lebt", murmelte sie erschüttert. „Oh mein Gott, er ist noch am Leben."

Puh, ich musste und wollte ihn nicht sehen. Es war sowieso zu spät. Außerdem wäre auch ich mit großer Wahrscheinlichkeit im Abflussgraben gelandet und hätte Bekanntschaft mit den Heugabelzinken machen dürfen. Darauf konnte ich verzichten. Insbesondere, wenn ich mir vorstellte, wie Arturo Groß inzwischen zugerichtet war. Halb noch im Graben liegend, halb herausgekrochen,

Beine und Rückgrat gebrochen und sein sorgfältig gebügelter grauer Anzug mit blutigem Rot, Hundekot und Schlamm bedeckt, das bleiche Bürokratenantlitz zum Himmel erhoben, wo der Sommermond gleichgültig seine verblassende Bahn zog.

„Da ist nichts zu hören. Und da war auch nichts zu hören", sagte ich. „Hast du wirklich etwas gehört?"

Sie schaute zu mir. „Du bist ein Ignorant."

„Weck' doch deinen Freund", antwortete ich und zeigte mit dem Daumen zum Heuwender. „Vielleicht hört er ja etwas und geht hinaus, um nach dem Rechten zu sehen. Wäre das in deinem Sinne?"

Missmutig verzog sie das Gesicht und ein kurzer Muskelkrampf schüttelte sie. „Nein", flüsterte sie. „Da war wirklich nichts. Ich habe nichts gehört. Es ist die Überanstrengung."

Sie schlich zu ihrem Freund zurück und schmiegte sich an ihn.

Die anderen waren nicht aufgewacht. Arturo schrie und jammerte noch eine viel zu lange Zeit, vielleicht zehn Minuten. Dann herrschte Stille.

Kapitel 3
Veruntreuung & Hoffnung
[2021 & 2025]

Diese unheimliche Stille. Ich musste an meinen ehemaligen Arbeitskollegen Ben denken. Er hatte sich im letzten Jahr immer wieder mal mit Julius Grinsherr, dem neuen Bürgermeister, gestritten. Ich habe es nur aus der Distanz mitbekommen. Es ging um irgendwelche Gebühren für den Erstausbau von Straßen und um das Argument des Bürgermeisters, er müsse von den Bürgern mehr Geld verlangen, sonst leiste er der Veruntreuung Vorschub.

Das war natürlich absoluter Quatsch. Aber was konnte man anderes von solchen Politversagern erwarten? Erst hatte er die *FarAway* Ansiedlung seines Vorgängers und Parteigenossen unterstützt und auch noch im Nachhinein die Sache schöngeredet, hatte falsche Zahlen kolportiert und das Spiel des Konzerns grinsend begleitet. Doch mein Freund Ben hatte ihm den unangenehmen Vorwurf gemacht, er und seine Parteifreunde hätten damals das Grundstück in der Größenordnung von zirka vier Millionen Euro unter Wert verkauft.

„Alles ist aktenkundig, Herr Bürgermeister. Nennt man nicht genau *das* Veruntreuung?", hatte er gefragt, aber von Grinsherr keine Antwort erhalten.

Gelebte Demokratie eben.

Auch die Öko-Ausgleichspunkte wurden dem Gelände-Vermieter und Immobilien-Hai, der Wüst AG, erlassen. Einfach so.

„Diese Öko-Punkte, Herr Bürgermeister, sind jedoch gesetzlich verpflichtend, und die Kosten dafür müssen nun von der Stadt aufgebracht werden. *Von uns!* Erfüllt nicht genau *das* den Tatbestand der Veruntreuung?", hatte Ben gefragt.

Auch hierauf hatte er keine Antwort erhalten.

Wie gesagt – gelebte Demokratie eben.

Futter für die AFD.

Wie froh war ich damals gewesen, von dieser lokalen Zirkusveranstaltung Abstand genommen und mich beruflich verändert zu haben. Es war bereits im Jahr 2021, als noch Corona unseren Alltag bestimmte.

Die ganzen letzten Monate hatte etwas in mir rumort. Es war eine Mischung aus abgestandener Arbeitsroutine, jenem Büro- und Lektorats-Kram, wo man fremde Texte x-mal durchlesen und korrigieren musste. Dazu mein eigenes Schreiben, das mich zunehmend unter Druck setzte, statt mich in den freien Sphären von ungebremster Kreativität schweben zu lassen. Jetzt brach es plötzlich aus mir heraus, und ich sagte: „Ben, ich werde mich verändern."

Ben war mir freundschaftlich verbunden, spätestens seit wir uns gemeinsam mit Gesinnungsgenossen Gedanken zur Gründung der »Freien Republik Lich« gemacht hatten. Wir hatten die Niederschrift all dessen später in Band 8 einer Zeitreise-Serie festgehalten. Wir waren uns jedenfalls in politischer Hinsicht recht einig: Die zunehmende Monopolisierung der globalen Wirtschaft führte zu Rissen in der Demokratie. Und jetzt musste ich ihm etwas gestehen.

„Ben, ich bewerbe mich bei Tesla in Grünheide, ich werde mich grundlegend verändern!"

Er starrte mich an, als wäre ich ein aus dem Ruder gelaufener Teenager, und er zeigte mir den Vogel. „Deine Scherze in Ehren, aber du solltest deinen Corona-Frust nicht an meinen Nerven abreagieren. Wir brauchen dich hier, das weißt du, aber du meinst das sowieso nicht ernst …"

Ich sah ihn nachdenklich an.

Er fuhr fort: „… nun, andererseits hast du in den letzten Wochen des Öfteren Andeutungen gemacht, die mir nicht gefallen haben. Sag mal ehrlich, worum geht es?"

Ich schilderte ihm meine Sicht auf die Dinge, auf unsere Arbeit, auf meine Textproduktion, auf all das, was mich wegen der standardisierten Gewohnheitsarbeiten nicht mehr erfüllte, all das, was mir sinnlos erschien.

„Du hast Depressionen", entgegnete er mir als erstes.

„Habe ich nicht. Ich würde es dir sagen. Ich schaue seit den letzten vier Wochen in den Onlineforen nach einer neuen Beschäftigung, nach etwas völlig Neuem, nach etwas, was mich echt noch einmal herausfordern könnte. Es gibt eine Stellenausschreibung als PR-Chef bei Musks neuem Tesla-Standort in Berlin-Brandenburg. Wenn das klappt, wäre ich auch wieder nahe bei meinem geliebten Berlin."

„Deine Nerven – und nicht nur deine – sind durch diese Scheiß-Corona-Maßnahmen überstrapaziert. Aber das lässt sich therapieren", setzte Ben nach.

„Ich meine es ernst."

„Ich verstehe dich nicht, ehrlich! Hier hast du einen sicheren Arbeitsplatz, ein gewohntes Umfeld, eine bezahlbare Wohnung – was heutzutage Gold wert ist. Und …" – Ben schaute mich treuherzig an, bevor er fortfuhr: „… hier hast du mich. Und sag nur, wir würden nicht harmonisch zusammenarbeiten?"

Natürlich *wollte* Ben mich nicht verstehen. Ich allerdings verstand seinen Schmerz, seine Verlustangst, die Angst vor einem neuen Kollegen, mit dem er sich vielleicht nicht so offen austauschen konnte. Unser Vertrauen war seit Jahrzehnten gewachsen. Es hatte länger gehalten als so manche Ehe unserer Freunde in jenen Jahren. Ich verstand auch sein »politisches Argument«, dass ich mich ausgerechnet an einen hochmonopolisierten US-Konzern mit einem hochneurotischen Tycoon »zu verkaufen bereit sei«.

Das sah ich zwar völlig anders, denn dann dürfte man bei siebzig Prozent der deutschen Unternehmen, die bereits vom amerikanischen Großkapital à la Blackrock und Vanguard unterwandert waren, nicht mehr arbeiten. Aber es hatte keinen Zweck, in diesem Zusammenhang eine Diskussion anzufangen.

„Was reizt dich an Musk und an Tesla und an diesem Kaff namens Grünheide?", fragte er schließlich, als er einsah, dass ich mich augenscheinlich und unwiderruflich auf dem Weg hinaus in die freie Welt des Wilden Westens befand, die paradoxer Weise im Wilden Osten angesiedelt war.

„Was mich reizt? Das Neue. Das Abenteuer, die Herausforderung, mehr nicht. Nicht das Geld, nicht die politischen Dimensionen – alles uninteressant."

Und so kam es, dass mich Ben letztlich in meinem Vorhaben bestärkte. Ich schrieb meine Bewerbung, schönte, wie es sich für wichtige Menschen gehörte, meinen Lebenslauf, wies auf alle möglichen Netzwerke und Bekanntschaften hin, bewunderte die Innovationskraft von Tesla und gab meine glanzvollsten PR-Texte zum Besten.

Ich wurde tatsächlich eingeladen.

*

Am frühen Morgen des 18. Juni 2021 machte ich mich auf den Weg nach Grünheide. Nach rund fünfstündiger Fahrt kam ich bei Doro, meiner ersten großen Jugendliebe und ersten langjährigen Beziehung, in Zeuthen an.

„Mensch, Stefan! Das ist doch nicht dein Ernst – was willst du bei solch einem monumentalen Ausbeuterkonzern? Das ist doch gar nicht dein Ding. Und dann auch noch in dieser Funktion! Als PR-Manager! Dass ich nicht lache."

„Mensch, Doro!" erwiderte ich spiegelbildlich. „Du bist doch eine hundertprozentige Grüne. Und du wirst doch nicht im Ernst bezweifeln, dass Elektromobilität exakt das ist, was ihr Grüne am laufenden Meter hyped. Und du wirst doch wohl nicht bestreiten, dass es bei Musk keine Ausbeutung mehr gibt – Roboter arbeiten wie am Fließband. Kann man Roboter ausbeuten? Der klassische Fließbandarbeiter ist Geschichte."

Doro musste herzhaft lachen und ich stimmte in ihr lautes Lachen ein. Doro hatte schon immer sehr laut gelacht, wirklich sehr laut. Es war für mich einer der stichhaltigsten Trennungsgründe gewesen.

„Beruhige dich", sagte ich. „Noch bin ich nicht eingestellt. Es wäre ein großer Glücksfall."

„Und wie der Zufall es will, fällt dir dein sogenannter Glücksfall auf die Birne und du darfst als PR-Manager Elon Musk dienen, ihn umschmeicheln und all seine irrsinnigen Projekte bewerben. Von der Mond- über die Marsbesiedlung bis hin zu einer technisch-menschlichen Robotergeneration musst du seine verrückten Ideen an die Konzernmedien verkaufen. Verkaufst du dabei nicht deine Seele?"

„Nein", sagte ich in aller Bescheidenheit und wusste, dass – ebenso wie bei Ben – eine Diskussion nicht sinnvoll war. Doro war eine typische Aufschnapp-Intellektuelle, wie ich es auch von einigen anderen meiner früheren grünen Freunde kannte. Doro fuhr sich in ihrer Meinungsfindung innerhalb von Sekunden fest. Dann grub sie sich in irgendeinen Schützengraben ein. Das Stichwort Grünheide reichte bei ihr, um einen ganzen Wasserfall an mehr oder minder stichhaltigen ökologischen Argumenten auszulösen.

Aber dann sagte sie etwas völlig Konträres: „Aber Musk schafft ja Arbeitsplätze und mit ihm kommt endlich grüne Energie nach Deutschland."

„Grüne Energie?", fragte ich erstaunt und dachte, mich verhört zu haben.

„Na, er finanziert doch größtenteils das neue LNG-Terminal, mit dem wir Flüssiggas aus Amerika importieren können, um das schädliche russische Erdgas ersetzen zu können – weißt du das nicht?"

In diesem Moment war ich mir ziemlich sicher, dass ich nur für eine einzige Übernachtung bleiben würde und nach dem Vorstellungsgespräch bei Tesla schnurstracks heimfahren würde.

Blöde Argumente konnte ich nicht mehr ertragen. Ex hin oder her.

Am nächsten Morgen fuhr ich, vom Westen kommend, an der Dahme entlang bis zum Wernsdorfer See und fuhr bei Freienbrink beim *EDEKA*-Logistikstandort vorbei auf die L38 und fand per Navi unkompliziert die Tesla Straße. Doch auch ohne Navi konnte ich Musks Mammutgebäude schon von weitem sehen. Es war noch im Entstehen. Die Außenhaut stand schon. Seit gut einem Jahr wurde hier gebaut.

Als ich dem Pförtner meine Einladung gezeigt hatte und die Schranke hochging, parkte ich auf dem mir zugewiesenen Gästeparkplatz gegenüber dem Haupteingang. Dann stand ich vor der Glasverkleideten Eingangseckfront, über der dick und fett bereits das *TESLA*-Logo der Gigafactory Berlin-Brandenburg prangte.

Ich war überpünktlich; darauf hatte ich Wert gelegt. Es sorgte bei mir für Entspannung. Überhaupt war ich kein bisschen aufgeregt, denn was hatte ich schon zu verlieren? Ich war neugierig auf das, was mich ab nun erwartete. Dass es mein Leben gewaltig ändern würde, ahnte ich an jenem Tag nicht.

Mein Bewerbungsgespräch war auf 11:00 Uhr terminiert. Ich betrat den Bau.

Am Empfang wurde ich von einer brünetten Schönheit begrüßt. Sie bat mich, für einen Moment Platz zu nehmen, Mrs Curtis würde mich sogleich zum Gespräch bitten. Es dauerte keine vier Minuten. Dann kam sie, eine bezaubernde Frau. Mrs Curtis war schlank, aber nicht unansehnlich dünn, und offensichtlich nicht dem irren Schlankheitswahn verfallen. Eine Frau mit ausgeprägter weiblicher Figur. In den 1950er-Jahren – und noch ein Jahrzehnt später! – hätte man auf ihre Wespen-Taille hingewiesen, und ganz sicher auf das Holz vor ihrer Hütte. So etwas ist heutzutage jedoch völlig aus meinem Blickwinkel geraten, und ich möchte heute auch nicht darüber berichten. Und schon gar nicht mehr darüber nachdenken.

Es war etwas völlig anderes, was mich in ihren Bann schlug. Ihr Charakter! Ihr Wesen! Das, und nur das war es, was mich vom ersten Augenblick an faszinierte. Diese amerikanische Freundlichkeit. Dieses völlig unbefangene aufeinander Zugehen. Diese Zuvorkommenheit. Diese Rücksicht. Mein erster Eindruck war geprägt von ihrer sportlichen Erscheinung und dieser ausgesuchten Höflichkeit, vermischt mit einem Gefühl, das sie einem vermittelte, welches man leicht als Angebot zu einer Freundschaft missverstehen konnte – wenn man nicht die amerikanischen Gepflogenheiten kannte.

„Mein Name ist Charlotte Curtis, Mr King. Sie können mich gerne Charlotte nennen", sagte die Mittdreißigerin.

„Ich habe nichts dagegen, wenn Sie mich King nennen, doch in den offiziellen Papieren Ihrer Personalabteilung müsste man mich später den deutschen Steuerbehörden und den Sozialkassen zuliebe mit meinem korrekten Namen führen."

„Sie rechnen also schon mit Ihrer Einstellung?", fragte sie leicht amüsiert.

„Aber sicher doch!" Bei den Amerikanern musste man sich dreist und selbstsicher geben und morgens mindestens eine halbe Stunde vor dem Spiegel das zahnbleckende Lächeln geübt haben, wenn man Erfolg haben wollte. Das wusste ich aus meinem achtzehnmonatigen Forschungsaufenthalt in California. Das war damals gewesen, Anfang der achtziger Jahre, und hatte mein durch den Vietnamkrieg geprägtes Vorurteil endlich aufgebrochen.

Nach all den netten Begrüßungsfloskeln erläuterte mir Charlotte den Ablauf des Tages. Zuerst würde sie mit mir in ihrem Büro meine Daten abgleichen, um gleich danach mit dem Personalreferenten, Mr Desch, im Konferenzraum des Managements das Bewerbungsgespräch zu führen. Hierfür sei pro Bewerber jeweils eine Stunde eingeplant.

„Gibt es auch Bewerberinnen?", fragte ich mit möglichst neutral erscheinender Mimik.

„Es haben sich zwar Frauen beworben", räumte Charlotte ein, „aber nein, der Chef möchte einen durchsetzungsfähigen und zugleich kreativen Mann in dieser Position wissen."

„Ah ja", murmelte ich und dachte mir meinen Teil. Als wären Frauen nicht durchsetzungsfähig. Als wären sie nicht kreativ. *Mein Gott!* Und dann bemerkte ich amüsiert, dass – nun ja – genau diese göttergleiche Rolle Elon Musk für sich reklamiert hatte.

Dann die Überraschung: Der Chef sei vor einigen Tagen aus Fremont eingeflogen und habe sich alle Bewerbungsunterlagen, auch meine und die der anderen vier Auserwählten, angeschaut. Public Relation sei ihm sehr wichtig. Deshalb würde er beim Auswahlverfahren dabei sein.

*

Meine Gedanken an den Bewerbungstag in Grünheide wurden abrupt unterbrochen. Die Morgendämmerung war angebrochen. Die Beleuchtung von »Blau's-Raststätte – Ihre sympathische Tankstelle mit gutem Essen« war verblasst wie der dahinsiechende Sommermond.

Ein weiterer Gigaliner war angekommen. Ein Tieflader mit einem riesigen Schaufelbagger. Dahinter folgte eine Planierraupe. Natürlich reißt einen so etwas aus seinen Gedanken. Ich bekam weiche Knie. Was sollte das bedeuten? Wozu eine Planierraupe?

»Bert, mein Brot« stand immer noch abseits und spielte den Unbeteiligten, aber noch am

Abend zuvor hatte er fleißig die Bewachungsrunden seiner Kumpane mitgedreht. Sein Fahrer kam, und ich fragte ihn, was ich ihn eigentlich schon gestern fragen wollte: „Ist Bert mit KI ausgerüstet?"

Olli kniff die Augen zusammen und dachte nach. Er machte noch einen verschlafenen Eindruck, obwohl er Wache hätte halten sollen. Aber vielleicht war es ihm wie mir ergangen – einfach vor Erschöpfung eingenickt.

Nach einer Weile räusperte er sich und sagte: „Na klar. Da war doch die Empfehlung aus unserer Logistikbranche. Vor einem viertel Jahr brachte ich ihn in die Werkstatt zum Halbjahres-Check der Elektronik und sie fragten, ob sie die Empfehlungsliste des DSLV abarbeiten sollten. Würde rund zehntausend Euro kosten. Voll von der Steuer absetzbar. Mein guter Bert würde mit allen Sicherheitskomforts ausgerüstet. Ich könne beim Fahren sogar schlafen, Bert wäre nach der KI-Implementierung ein völlig autonom fahrender Laster. Das sei heute normal. Spurhaltung, volle Warnung und automatische Umleitung bei Staus, automatisches Abbremsen. Sogar rückwärtsfahren, ohne dass ich eingreifen muss und all so ein Schnickschnack."

„Das hat *wer* veranlasst?"

„Die DSLV, das ist unser Bundesverband für Spedition und Logistik."

„Und? Hast du schon während deiner Fahrten geschlafen?"

„Natürlich nicht! Niemals würde ich das Steuer aus der Hand geben oder mich darauf verlassen, dass Bert für mich bremst. Da bin ich einfach schneller."

Plötzlich hielt Olli inne.

„Sieh dir das an."

Ich folgte ihm an die unbeschädigten Seitenfenster. Etwa ein Dutzend Wagen patrouillierten wieder vor unseren Augen. Zuerst fiel mir nichts Besonderes auf.

„Siehst du nicht?", fragte er und zeigte nach draußen. „In der Nähe von meinem guten alten Bert."

Tatsächlich, das war auffällig – da stand ein Kleinlaster neben der Zapfsäule und bewegte sich keinen Millimeter. Er stand einfach nur da und machte einen ziemlich hilflosen Eindruck. Er wirkte überhaupt nicht mehr bedrohlich. Es schien sogar, als würde er gerade die aktuellen Dieselpreise vom 11. Juni 2025 ablesen – immerhin kostete nun der Liter fünfzehn Cent mehr als noch gegen Ende des letzten Jahres.

Ich hatte mich, ehrlich gesagt, wegen des Dieselpreises für meinen alten Ford sehr geärgert. 1,76 Euro waren heftig. Und Robert Habeck meinte, ein Preis um die 2 Euro sei durchaus angemessen. Na klar, bei seinem unangemessenen Gehalt.

„Du meinst, dem Kleinlaster ist der Saft ausgegangen?"

„Was sonst!" Olli klopfte sich auf die Schen-
kel und machte einen Freudensprung. Es sah nach
Schuhplattler aus. Aber Olli kam aus dem Norden
und s-tolperte über den s-pitzen S-tein. Es konnte
kein Jodeltanz sein, einfach ein freudiger Luft-
sprung.

Ich stand auf der Leitung und es dauerte einen
Moment bis ich die Tragweite des Ereignisses begriffen hatte. „Mensch Olli, stimmt! Die können
sich ja nicht selber betanken! Wir sind gerettet. Wir
brauchen nur abwarten!" Ich musste schmunzeln,
weil ich nicht schon lange vorher auf diesen rettenden Gedanken gekommen war. Verschanzen.
Abwarten. Geduld und Spucke – das war angesagt.

Ich war noch erschöpft von der anstrengen-
den Nacht und zog mich noch einmal in die Nische zurück, während die anderen frühstückten.
Ich verfiel in einen Dämmerzustand und musste
wieder an damals denken. An das ganze Drum und
Dran der Kennen-lern-Story rund um Willi, den
intelligenten Laster.

*

Ich dachte an den Moment, als ich 2021 das erste
Mal Elon Musk erblickte. Er stand am Fenster und
drehte sich bei unserem Eintritt mit einem dyna-
mischen Schwung um. Anders als sein Personalre-
ferent war er leger gekleidet, eine dunkle Hose,
dazu ein schwarzes Oberhemd mit geöffnetem

Kragen und darüber ein hellgraues Jackett. Seine feinen schwarzen Lederschuhe waren wahrscheinlich ein italienisches Produkt; ich hatte einmal gelesen, dass er diese bevorzugt trage.

Musk zog eine skeptische Enten-Schnute, was seine Grübchen hervorhob. Sein prüfender Blick erstaunte mich wenig. So hatte man ihn in unzähligen Zeitungsartikeln beschrieben, und in Bildbeiträgen war er oftmals nicht nur mit seinem zur Schau gestellten Chauvinismus, sondern auch mit diesem skeptischen Blick zu sehen. Seine halbkurzen Oberhaare waren wild durcheinander gewuselt und standen igelmäßig ab, während das Seitenhaar recht kurz geschnitten war. Wäre der 1971 geborene Musk in den 1990er-Jahren in Deutschland aufgewachsen, wäre er wahrscheinlich in der altbackenen Jungen Union als »Junger Wilder« gehandelt worden.

Man sagt, dass der erste Eindruck bei der Begegnung von Menschen der entscheidende sei. Ganz nach dem Motto: »Der erste Eindruck zählt. Der Letzte bleibt für immer.«

Es war so.

Musks Augen blitzten auf und sein skeptischer Blick wich einer neugierigen Inaugenscheinnahme. Da ich nicht wusste, wie hochfeierlich das Ganze zelebriert werden würde, jedoch nicht mit einem übertriebenen Staatsakt rechnete, sondern eher mit einem amerikanisch-lockeren Talk, hatte ich mich in einen hellblau gestreiften Sommeranzug geworfen.

Später erfuhr ich von Charlotte, dass meine Mitbewerber sämtlich in pechschwarzer Trauerbekleidung erschienen waren.

Auf meinem gleichfarbig-hellblauen Hemd trug ich eine etwas abgesetzte, aber fast gleichfarbige Krawatte. Alles also dezent Ton in Ton, und doch war es eine außergewöhnliche, auffällig »unauffällige« Kombination.

Ich werde nie seine ersten Worte vergessen: „Hi, Sir, wenn Sie so arbeiten, wie Sie aussehen, sind Sie mein Mann." Er zwinkerte mir zu und lachte und nannte mich von Anfang an Mr King.

Die Atmosphäre war locker und so blieb sie bis zum Ende. Ich stellte mich in Kurzfassung vor, dann begann ein Frage- und Antwortspiel, das abwechselnd von Musk, Desch und Charlotte mit mir geführt wurde. Zu keinem Zeitpunkt war es unangenehm.

Ich glaube, dass die alles entscheidenden Fragen von Elon Musk gegen Ende der Veranstaltung kamen.

„Sie haben vor knapp zwanzig Jahren im Jahr 2002 ein Buch über die Robotik geschrieben. Es handelt thematisch von der Vermenschlichung der Technik und von der Technisierung des Menschen, sehe ich das richtig?"

„Ja, das stimmt, Sir, aber ich hatte es in meiner Publikationsliste nicht erwähnt, weil es vergriffen ist. Und weil ich es als erneuerungswürdig betrachte. In den zurück liegenden zwei Jahrzehnten hat sich viel getan – ich denke hierbei insbesondere an die Ergebnisse der Robotik durch Ihre Entwicklungslabore bei Neuralink."

Musk strahlte. Es war nicht zu übersehen.

Ich strahlte ebenfalls, jedoch eher innerlich. Tatsächlich hatte ich mich auf meinen veralteten Schinken absichtlich nicht in der Bewerbung berufen, da mir bewusst war, dass meine damaligen Aussagen längst überholt waren.

Aber jetzt ging Musk auf alle Details ein, was mir zeigte, dass er mein Werk Seite für Seite gelesen hatte: „Sie haben mit dem Jahr 1956 und der Gründung der ersten Roboterfabrik in den USA begonnen, mit George Devol, der 1954 ein Patent für einen programmierbaren Manipulator angemeldet hatte. Er gründete zusammen mit Joseph Engelberger 1956 die weltweit erste Robotik-Firma »Unimation«. Die beiden wurden zu meinen damaligen Jugendhelden, als ich von ihnen und ihren Robotern las. Sie waren Mitte der achtziger Jahre meine modernen Märchenhelden, die mich gedanklich in eine Zukunftswelt entführten."

„Das kann ich mir gut vorstellen. Sie beeinflussten auch mich."

„Sie schildern in Ihrem Buch die Arbeit solch visionärer Ingenieure wie die von mir in frühen Jugendjahren bewunderten Lawrence Robertson und Alfred Lannings. Darf ich Ihnen sagen, dass mich Ihr Buch, als Mr Desch es mir kürzlich bei seiner Recherche über sie vorlegte, an meine ersten Schritte in der Roboterentwicklung erinnerte?"

„Ich kann es mir gut vorstellen."

„Die Konzeption und Entwicklung der unentbehrlichen drei Grundsätze findet in Ihrem frühen Werk ebenso breiten Raum wie Forschungsdirektor Alfred Lannings selbst – und seine frühen Triumphe in der Entwicklung mobiler Robotereinheiten."

Während mich Musk mit einem gewissen – halb bewundernden, halb verwunderten – Blick anschaute, musste ich an diese schwerfälligen, ungeschickten und der Sprache nicht mächtigen Vorstufen mobiler Robotereinheiten denken. Und dennoch waren sie bereits vielseitig genug gewesen, um menschliche Befehle zu interpretieren und die beste unter einer Anzahl möglicher alternativer Reaktionen auszuwählen.

„Ich habe Ihr Buch in einem Rutsch gelesen", sagte Musk.

„Das freut mich. Aber es ist wirklich überholt."

„Mir war beinahe, als erlebte ich die Geschichte selbst, als ich von den frühen Jahren mühseliger Versuche und Vorarbeiten in zugigen, zu Werkstätten umgebauten Lagerhausräumen las. Und vom ersten dramatischen Durchbruch in der Konstruktion des positronischen Gehirns aus Platin und Iridium, nachdem viele Versuche fehlgeschlagen waren."

Ich nickte und sagte: „Es war eine aufregende Zeit, eine Zeit für Pioniere. Wären Sie damals schon alt genug gewesen, stünde ihr Name statt dem von George Devol an dieser Stelle."

„Sie sollten mir nicht schmeicheln. Ich bin ein Mann der brutalen Ehrlichkeit. Und ich sage Ihnen eines: Ohne Devol und Engelberger wäre ich wahrscheinlich niemals auf die Idee gekommen, Roboter mit Künstlicher Intelligenz auszustatten." Musk machte eine Pause und zog ein nachdenkliches Gesicht, bevor er seinen nächsten Satz herausschoss: „Könnten Sie zukünftig eventuell auf unnütze Schmeicheleien verzichten, Mr King?" Er sah mich herausfordernd an.

Mir wurde schlagartig bewusst, dass er es jetzt vorrangig nicht auf meine inhaltliche Antwort, sondern auf meine rhetorische Reaktion abgesehen hatte. Ohne auch nur einen Augenblick zu zögern, antwortete ich: „Wenn es Ihrer und meiner zukünftigen brutalen Ehrlichkeit dient, dann werde ich es wohl unterlassen müssen, obwohl ich gelegentlich gerne Schmeicheleinheiten loswerden möchte."

Ich schaute zu Charlotte und Mr Desch und fuhr fort: „An dieser Stelle möchte ich mich für die beeindruckende und reibungslose Organisation dieses Bewerbungsverfahrens bei Ihren beiden liebenswürdigen Mitarbeitern bedanken."

Musk musste herzhaft und aus voller Brust lachen und sagte: „Sehr gut, Boy! Diesmal trifft die Schmeichelei nicht mich. Und ohne Ihnen nun selbst unnötig zu schmeicheln, möchte ich in aller gebotenen Kürze klarstellen, dass Sie den Job bekommen! Nun, bitte, lasst uns zum Lunch aufbrechen."

In einem durchaus überraschten, dahingemurmelten „Danke, Sir" bestand meine einzige bescheidene Reaktion. Innerlich machte ich Freudensprünge. Und das Komische an der Situation war, dass ich in einem kurzen Moment des Blickwechsels mit Charlotte erkannte, dass auch sie in ihrem hübschen Köpfchen Purzelbäume schlug.

Eine andere merkwürdige Impression flutete mich: Doro. Ich überlegte, ob ich nun nicht gerade extra bei meiner Ex in Zeuthen vorbeischauen sollte. Ich hätte sie gerne mit Musks Einstellungscoup überrascht und gerne erlebt, wie sie sich an ihrem lauten Lachen verschluckte. Aber ich brauste an der Ausfahrt Zeuthen vorbei. Bei Doro konnte ich weder Schmeicheleien loswerden noch welche einfahren, also alles unnütz.

Schon in Kürze, am Montag, dem 2. August, würde ich bei Tesla meine Arbeit aufnehmen. Dann würde ich hierher, in meine neue Heimat, umziehen. Organisatorisch wollte sich Charlotte Curtis für mich engagieren und alles Notwendige vorbereiten. *Das geschieht, wenn man große Zuneigung empfindet,* ging es mir durch den Kopf.

Kapitel 4
Eskapaden & Tiraden
[2021]

Wie gesagt, verehrte Leser, es ist Ihr gutes Recht zu erfahren, wie, wann und unter welchen Umständen ich Willi kennen lernte. Aber alles hat seine Vorgeschichte – ob die Herren Trump & Musk, ob der Ukraine-Krieg und das Minsker-Täuschungsmanöver oder eben auch Willi und meine Wenigkeit. Meine ganz persönliche Vorgeschichte als Protokollant von mehr oder weniger wichtigen Ereignissen kennen Sie vielleicht aus der *Lich-Serie* *.

Alles hat seine Vorgeschichte.

Und ab hier also beginnt die einzigartige Geschichte einer zwielichtigen Freundschaft zwischen Mensch und Maschine – zugleich eine Kurzbiografie von Willi, dem selbstfahrenden und selbstdenkenden KI-Brummi aus der Tesla-Gigafactory.

Sie wissen jetzt bereits, weshalb und unter welchen Bedingungen ich den Zugang zu Elon Musk, zu seinem Tesla-Werk und natürlich auch zu seinen utopischen Vorhaben gefunden habe.

* *»Freie Republik Lich – 2023«*
»Sturm über Lich – 2022«
»Der Fremde«

Elon Musk ist gewöhnungsbedürftig, das wusste ich. Er ist wahrlich ein schräger Vogel mit ziemlich schrägen Visionen. Seine Visionen, seine Ideologie, sein wahres Vorhaben zu erkunden, war – wie ich heute weiß – mein heimliches inneres Anliegen, dessen ich mir damals aber offensichtlich nicht vollauf bewusst war.

Damals unterhielten wir uns über sein Mars-Projekt. Mr Musk plante sogar eine gemeinsame Reise * mit einem seiner engsten PR-Manager, wobei er mich anlächelte und sagte: „Alles was ich mache, soll die Menschheit nach vorne bringen und dafür muss alle Welt wissen, was ich vorhabe und was ich tue – Public Relations ist unentbehrlich. Ich brauche einen fähigen Protokollanten an Bord. Jemanden, dem ich vertrauen kann!"

Das war 2021. Sie, verehrte Leser, werden sich gewiss noch an jene Zeitumstände erinnern: Über uns war die Corona-Zeit hereingebrochen. Alles änderte sich radikal. Von gleich auf jetzt. Das Treffen mit Freunden und Familie war plötzlich eingeschränkt – oder gar unter Strafe gestellt.

Ausgehverbote. Lächerliche Einschränkungen fürs Hunde-Gassi. Sportverbote. Dann die angedrohten Zwangsimpfungen, all die Lockdowns, Massenquarantäne, diese erbärmlich unseriöse Inzidenzen-Hysterie, Angstmache, Misstrauen, Entwurzelung, Spaltung der Gesellschaft, Verteufelung der Ketzer …

* »3033 – Meine Reise mit Elon Musk zum Mars«

86

Diese unheimliche Leere der Straßen.

Die Herrschaft der Glotze und Propaganda.

Na ja, Sie kennen das alles.

Mir reichte es.

Und dann noch das Ausblenden konträrer Meinungen zur Beurteilung des Virus und seiner mutativen Varianten. Es irritierte mich außerordentlich. Es kam einem Quasi-Redeverbot für medizinisch-wissenschaftliche Experten gleich, die dem Regierungsnarrativ kritisch gegenüberstanden.

War das noch jene pluralistisch-freiheitliche, wissenschaftsbasierte und meinungsoffene demokratische Gesellschaft, in der ich aufgewachsen war, die ich mit aufgebaut hatte?

Mir reichte es wirklich.

Und in diesem Punkt, so muss ich sagen, war Musk ganz meiner Meinung. Ich glaube, dass er mir deshalb vertraute und mich mit in sein Boot holte. Doch im Gegensatz zu mir sah er die Lösung aller Probleme in der Entfaltung Künstlicher Intelligenz und in rein technologischen Lösungsansätzen.

„Mr King", sagte er zu mir in der VIP-Kantine, „wenn alles nichts hilft und sich die Menschheit selbst abschafft, dann retten wir zumindest unser menschliches Wissen und Bewusstsein in Form einer Roboterzivilisation, die fernab der Erde auf dem Mars überlebt und die Evolution auf völlig neuem Niveau fortsetzt."

In jener Nacht schlief ich unruhig.

Ich träumte von der Ausrottung der Menschheit durch Kriege, Hunger und schreckliche Pandemien, die in Tsunamiwellen über die Welt jagten. In diesem Chaos überlebten nur noch Maschinenmenschen, Cyborgs, die eine völlig neue Form von Leben auf unserem Planeten darstellten. Maschinen erlangten schleichend die Macht über die menschliche Population.

Wir waren überflüssig geworden.

Roboter kreierten und konstruierten sich selbst. Eine automatisierte technische Reproduktion von selbständigen Denkmaschinen löste unsere auf Sex und Liebe beruhende menschliche Reproduktion ab.

Nahrungsmittel der herkömmlichen Art wurden als Energiespender ebenso überflüssig wie andere Formen der Entwicklung, die Unmengen an Energiepotenzial in Anspruch genommen hatten. Sportstudios, Altenheime, Kindergärten, Medienunternehmen, Gesundheitseinrichtungen, Schulen und Universitäten wurden entbehrlich; die Roboter lernten aus sich heraus und lebten irgendwie zwecklos. Sie brauchten keine Kindergärten.

Eine transhumanistische Generation besiedelte das, was von der rostigen Welt übriggeblieben war.

Der Mensch an sich war tot.

Für immer.

*

Berlin-Brandenburg, Grünheide, Montag, 2. August 2021. Mein Start bei Tesla. Ich schaute auf mein Handy. Der Wetterbericht meldete: »Heute viel Sonnenschein und wärmer, ab Mittwoch wieder heiß. Trocken. Heute früh und am Vormittag teils gering, teils stärker bewölkt und örtlich flacher Nebel oder Dunst. Die Feuerwarnung der vergangenen Tage bleibt weiterhin gültig: Es ist streng untersagt, in Waldgebieten zu rauchen oder ein Feuer anzuzünden«.

So sonnig wie das Wetter würde mich heute gewiss Musks Chefsekretärin, Charlotte Curtis, empfangen. Ich hatte an ihr – offen gesagt – etwas mehr als nur Gefallen gefunden. Was im Wald offiziell untersagt war, war ihr gelungen, sie hatte ein Feuer in mir entzündet. Auch an diesem Morgen war ich der Überzeugung, dass sie mich ebenso mögen würde. Hatte ich das nicht beim Vorstellungsreigen beobachtet? Mein langjähriger Arbeitskumpel Ben würde jetzt behaupten, dies sei bloß die Illusion eines verliebten Hengstes, eine glorifizierende Projektion. Überhaupt hatte er mir abgeraten, mit der Sekretärin des mächtigen Chefs anzubandeln. Das könne nur in die Hose gehen.

Nun gut, das mochte das Schicksal entscheiden, fand ich.

Den Umzug hatte ich dank ihrer Hilfe hinter mich gebracht. Aus dem von Mr Desch, dem Personalchef, in Aussicht gestellten alten Bauernhaus war allerdings nichts geworden. Es war anderweitig vermietet worden. Kein Problem. Ich bezog stattdessen ein nagelneues Häuschen, dass Mr Musk für seine vor Ort ansässigen Manager hatte bauen lassen. Es stand in der Nähe eines kleinen Waldes und war Bestandteil einer Mini-Neubausiedlung von nur acht eleganten, freistehenden Bauten mit je einem mittelgroßen Garten rundum.

Das Häuschen umfasste 80 Quadratmeter; im Erdgeschoss waren Diele und ein großer Essraum mit amerikanischer Küche sowie ein Gäste-WC untergebracht. Das erste Stockwerk besaß zwei Schlafräume, ein kleines Büro und ein Bad. Mr Desch hatte mir angeboten, dass das Haus auf Firmenkosten vollmöbliert und selbstverständlich nach dem Stand der Technik in vollautomatisiertem Zustand an mich übergeben werden könne. Ich hatte eingewilligt.

Mein Freund Ben hätte wahrscheinlich eindringlich gewarnt: „Elon Musk will dich überwachen!"

Aber, ehrlich gesagt, mir war das ziemlich egal – in meiner gesamten Arbeit, das war mir bewusst, würde er mich sowieso überwachen. Er war, wie ich aus Zeitungsberichten erfahren hatte, ein Kontrollfreak.

Bevor ich zur neuen Arbeitsstelle hinüber ging, sah ich mir noch einmal eine weitere Ausschreibung meiner Stelle an, die mir Ben aus Lich zugesandt hatte. „Lieber Stefan, die beiliegende Ausschreibung war bereits vor zwei Monaten im *Managermagazin* erschienen. Dir hier nur zur Kenntnis – falls es dich überhaupt noch interessiert, denn du hattest mir gesagt, die Ausschreibung im Internet sei sehr »dürftig« gewesen".

Zwar war dies nun obsolet, doch Ben zuliebe schaute ich sie mir beim Frühstück an, bevor ich den fünfminütigen Fußweg zu meiner neuen Arbeitsstelle ging: *»Wir suchen Sie, wenn Sie Erfahrung in Public Relations haben. Werden Sie Teil unserer ersten Gigafactory in Europa. Die Gigafactory Berlin-Brandenburg ist der erste Tesla-Produktionsstandort in Europa und unsere modernste, nachhaltigste und effizienteste Produktionsstätte. Ihre Fertigstellung erfolgte Anfang dieses Jahres. Seitdem produzieren wir dort Tausende von Fahrzeugen des »Model Y« und Millionen von Batteriezellen. Derzeit stellen wir ein völlig neues Produkt her, das den Speditions- und Logistikmarkt revolutionieren wird. Es ist ein KI-gesteuerter, selbstfahrender Lastwagen. Unser erstes Vorzeigemodelle hat unserem deutschen Standort zu Ehren einen deutschen Namen erhalten und heißt »Willi«.*

Bewerben Sie sich als PR-Head of Department für unsere Gigafactory Berlin-Brandenburg, wenn Sie an der nächsten Generation von Ingenieurwesen, Fertigung und Betrieb mitarbeiten und uns bei der weltweiten Umstellung auf nachhaltige Energie unterstützen möchten. Erfahrung in der Automobilindustrie ist nicht erforderlich.«

Ich verließ das neue Heim. Mich erwartete der mir bereits bekannte Riesenklotz, aber darauf war ich vorbereitet. Ich war in den vergangenen Tagen vor meinem Arbeitsantritt zwar ausschließlich mit der Einrichtung meiner persönlichen Dinge im neu bezogenen Haus beschäftigt gewesen. Aber die Gigafactory hatte sich immer in mein Gesichtsfeld gedrängt. Sicherlich, allein die Dimension des Gebäudes war erdrückend – wenn ich in mich hinein und auf meine romantischen Gefühle hörte. Aber sie war andererseits auch faszinierend, wenn ich meiner hochemotionalen Technikbegeisterung erlag.

Und da war »Willi«, wie ich erstmals in der Ausschreibung gelesen hatte. Ein selbstfahrender LKW? Wie war das möglich? Ausgestattet mit Künstlicher Intelligenz … mein Gott, welch eine Produktlinie! Ich wollte Willi sehen, na klar!

Ich betrat den Klotz. Die Empfangsdame war neu, mir unbekannt. Trotz dieses rot hervorstechenden Lippenstiftes in ihrem sehr blassen Gesicht war sie ein wunderbares Beispiel für die schlichte Schönheit von Zweckkonstruktionen. Elon Musk hatte ein Faible für außergewöhnliche Frauen, so schien mir. Die Bekleidung der Empfangsdame konnte gut als Raumfahrtanzug durchgehen. Ich suchte nach einem versteckten Kabel, dass sie mit der nächstbesten Steckdose verband, sah aber nur ihre wirklich gut geformten langen Beine, perfekt auf knallroten High Heels, nicht zu muskulös und doch stramm sexy. Trotz einer Stromlinienform, die vielleicht für zehnfache Schallgeschwindigkeit gereicht hätte, strahlte sie eine gelassene Ruhe aus, wie eine von Musks Raketen kurz vor dem Start.

Manchmal denkt man etwas weiter, als man vorhat, und so kam mir der Gedanke, dass sie eine uralte Dame sein würde, wenn ihr Chef eines Tages von einer Zeitschleifen-Reise vom Mars zurückkäme. Es war ja bekannt, dass er von einer Marsbesiedlung schon als Junge geträumt hat.

„Sie wünschen?"

Ich erklärte ihr, wer ich bin und dass ich als neuer PR-Manager gerne mit ihr zusammenarbeiten möchte. Sie sah mich mit einer gespielten oder echten – ich konnte es nicht beurteilen – Hochachtung an, die mir unerklärlich war.

„Oh, Sie sind der neue PR-Head of Departement", rief sie aus.

Amerikanische Titel wie »PR-Head of Department« hatten mich noch nie beeindruckt.

Ihre dunklen, perfekt gezogenen Augenbrauen hoben sich ein wenig und sie klimperte mit den Wimpern, wie ich es aus vielen liebestollen Liebesfilmen kannte. Da war ich mir sicher, dass sie kein Automat war.

„Ja, ich bin der neue PR-Mensch."

„Mein Name ist Leila Underson, Herr Koenig, oh, oder Mr King, wie auch immer …" Dann noch ein: „Oh …einen kleinen Moment bitte, ich rufe nur kurz an …"

Nach einigen knappen englischen Sätzen nickte sie zustimmend, als könne der angerufene Part dies am anderen Ende sehen, sah dann kurz zu mir auf und sagte an meine Adresse: „… der Chef erwartet Sie schon, Mr King. Kommen Sie bitte mit mir."

„Tesla ist ein zweisprachiger Betrieb", sagte ich. „Da höre ich übrigens gerne auch auf beides."

„Auf beides?"

„Auf die beiden von Ihnen genannten Namen, Koenig oder eben King", sagte ich und musste dabei lächeln, während sie kurz zurücklächelte, um mir dann voranzueilen. Ihre Absätze klackten auf den nackten hellen Fliesen und die vom Oberlicht hereinfallenden Sonnenstrahlen verliehen dem unendlich langen Flur eine goldene Illumination.

Eigentlich hätte ich heute als erstes mit Charlotte sprechen wollen und hätte mich von ihr und Mr Desch in mein Arbeitsgebiet einweisen lassen. Ich hatte nicht damit gerechnet, dass sich der Tesla-Chef persönlich an meinem ersten Arbeitstag Zeit für mich nehmen würde.

Wahrscheinlich waren wir nicht länger als fünf Minuten unterwegs, doch die verschiedenen Abbiegungen in einer scheinbar quadratisch angelegten Innenarchitektur mit ihren vielen Hinweisschildern, Pfeilen und nummerierten Wegweisern verwirrten mich. In all den überraschenden Momenten, die mich augenscheinlich gefangen nahmen, dachte ich daran, welche Nummer wohl mein Büro in dieser Mammutfabrik zieren würde.

Dann standen wir plötzlich vor seinem Büro »Nummer 1 – CEO, Mr Elon Musk«.

Leila klopfte an, steckte den Kopf durch den Türspalt und rief mit Engelsstimme: „Mr Musk, Mr King für Sie."

Eine Tenorstimme bat mich herein, und da saß er, mein Chef, wieder leger gekleidet wie ich ihn vom Bewerbungsgespräch kannte. Er wies auf einen Platz seitlich seines Schreibtisches, auf dem, mir zugewandt, ein Bildschirm für mich stand. Und dann war ich schon mitten im Geschehen, denn Musk, vor einem riesigen Panoramabildschirm sitzend, begann ohne Umschweife von meiner bevorstehenden Aufgabe zu berichten, während auf meinem Bildschirm unerwartet drei Stichworte erschienen: * PR = Meinungsbildung * Präsenz bei Multiplikatoren * Termine bestimmen *WIR* *

94

Zuerst wusste ich nicht so recht, was das sollte, aber schnell begriff ich. Denn Mr Musk räusperte sich und erläuterte: „Auf ihrem Bildschirm hier werden die Texte aufgezeigt, die auch in Ihrem Büro als Nachricht auf Ihrem Monitor erscheinen. So behalten wir beide im Auge, was wir besprochen haben und was zu tun ist."

Er sah mich verheißungsvoll an.

„Sehr praktisch", sagte ich. Das drückte, wie ich fand, zur Genüge meine Bewunderung für seinen so dezent dargelegten Überwachungscoup aus. Ich wusste von Charlotte, dass Musk kurze und prägnante Antworten liebte, was ich jetzt an seinem zufriedenen Gesichtsausdruck ablesen konnte.

„Wissen Sie", fuhr er fort, „als PR-Manager müssen Sie sich zuallererst mit den hiesigen Honoratioren bekannt machen: dem Bürgermeister, dem Zeitungschef, den regionalen Parteivorsitzenden und so weiter. Nehmen Sie sich dafür die nötige Zeit, aber lassen Sie sich auf gar keinen Fall mit irgendwelchen Terminen in irgendwelchen fernen Zeiten abspeisen. Überhaupt, lassen Sie sich niemals mit Terminabsprachen vertrösten. Denn nur wir, *alleine wir*, machen die Termine. Das ist Geschäftspolitik. Sie und ich und alle, die für uns im Auftrag handeln, können sofort zu den genannten Ansprechpartnern gehen. Wir gehen hin, und man wird uns einlassen. Das ist es, wie es funktionieren muss, verstehen Sie?"

„Zeit ist Geld", sagte ich.

Musk nickte zustimmend und kam sogleich zum nächsten Thema: „Wo ein Wille ist, ist auch ein

Weg. Bei unseren großen Entscheidungen, die der hiesigen Politik und Wirtschaft dienlich sind, spielt Geld bei entsprechendem Willen keine Rolle. Doch das sollte diskret behandelt werden. In der Öffentlichkeit versteht man vieles nicht – oder willentlich falsch."

Der Chef betätigte seine Tastatur und deutete auf meinen Bildschirm „Lesen Sie einmal den aufgerufenen Zeitungsartikel. Ich würde gerne wissen, wie Sie darauf reagieren würden."

Ich wunderte mich, je mehr ich las – es ging um einen Imbiss im Wald, um »Kaffee-Kurt«, dem das Landratsamt den seit 2008 existierenden Waldimbiss untersagte.

Ah, es war der kommentierende Teil des Artikels, der den reichsten Mann der Welt etwas aus der Fassung gebracht hatte:

»Bei der Umsetzung von Giga-Unternehmen – selbst im Fall eventueller Hindernisse – ziehen die Etablierten ihre Vorhaben in unserem Land durch, als gäbe es kein Morgen. Beim kleinen Mann, im Alltag der kleinen Leute, wird dagegen weniger kulant und positiv agiert, selbst wenn die Geschäftsidee noch so originell und tragfähig, mitunter gar erfolgreich ist – das wäre ja noch schöner. Der Spaß hat schon längst aufgehört, merken die Bürger. Man nehme nur ein aktuelles Beispiel aus unserem Wirtschaftswunderland, das offenbart, wie dem Kleinen die Beine weggehauen, mindestens aber große Steine in seinen Weg gelegt werden.

Dem Großen hingegen wird der rote Teppich ausgerollt. Gesetzesauslegungen und Verordnungen werden großzügig ausgelegt, Naturschutz spielt plötzlich eine untergeordnete Rolle, obwohl sich die gleichen Politiker noch ein paar Wochen zuvor laut ihren Wahlkampf-Sprüchen als die einzigen und wahren Umweltschützer aufgebläht hatten.«

Verständlich, dass sich Mr Musk hierüber aufregte, aber ich sollte ihm ja eine Lösung vorschlagen und ihn nicht in seinem Unrechtsbewusstsein bestärken.

Ich schlug ihm vor, dass ich zu dem besagten »Kaffee-Kurt« und den Ämtern Kontakt aufnehmen würde. Ich würde es Kurt mit einem großzügigen Scheck ermöglichen, all den unmöglichen Amtsforderungen zu entsprechen. Die Investition würde nicht über Mr Musk laufen. Ich würde eine NGO zwischenschalten, die sich für eine freie Gesellschaft engagiert. Elon schlug eine Organisation seines Freundes George Soros vor und vermittelte mir den Kontakt.

Vier Wochen später war die Kuh vom Eis, und ich konnte eine Lobeshymne in den Lokalblättern lancieren, wobei ich detailreich schilderte, wie Tesla sich im Wasser- und Naturschutz engagierte. Und dass man der Arbeitsplatz schaffenden und Gewerbesteuer einbringenden Gigafactory keinerlei Sonderkonditionen eingeräumt hatte.

Mr Musk war sehr zufrieden.

Ich bat den Chef, mir sein Geheimexemplar, den selbstfahrenden KI-Lastwagen »Willi«, vorzustellen.

Elon lachte und sagte: „Of course, you have to get to know him. It's a super truck. I love him. He's so smart. You can even have a conversation with him. Tomorrow I'll have some time to show you Willi."

Ich war gespannt, was mich erwartete. War das wirklich eine intelligente, eine autonom fahrende Maschine? Ein selbstfahrendes Tesla-Taxi hatte ich bereits in Grünheide fahren gesehen. Aber einen rollenden Monster-Truck mit allen intelligenten Fähigkeiten eines hochentwickelten Roboters konnte ich mir wahrlich nicht richtig vorstellen. Ich sollte sogar mit ihm sprechen können.

Am nächsten Tag war es soweit.

„Kommen Sie mit, ich stelle Ihnen Willi vor, er ist unser erster intelligenter LKW", sagte der Chef, als er mein Büro betrat. Zu dieser Zeit Siezten wir uns noch, freilich nur in meiner gedanklichen Übersetzung, denn im Amerikanischen gibt es keine Unterscheidung zwischen Du und Sie.

„Ich bin sehr gespannt."

„Natürlich! Das ist eine ganz andere Hausnummer als unsere PKW aus der Model-Serie S oder X.", sagte Musk und lachte. „Wissen Sie, es ist aber wichtig, den Gesamtproduktionsprozess zu verstehen. Deshalb schauen wir uns erst einmal die maschinelle Fabrikation unserer neuen LKW-Reihe an."

„Und die besagte Intelligenz? Auf welche Weise macht sie den Laster autonom? Und wo und wie wird sie implantiert?"

Mr Musk lächelte süffisant und sagte: „Das ist unser größtes Geheimnis. Sie erfahren es am Ende des Rundgangs, wenn Sie Willi kennen gelernt haben. Sie können sich ja mit ihm unterhalten. Er wird Ihnen alle Fragen beantworten."

Wir verließen die Verwaltungsabteilung und betraten die Werkshalle. Natürlich kannte ich bereits die gigantischen Daten. Um das Industriegebiet ausweisen zu können, mussten 2018 genau 3.038.620 m^2 Waldfläche gerodet werden. Von dieser Fläche waren 1.932.700 m^2 überbaut worden, und die befestigte Verkehrsfläche betrug 301.000 m^2.

Die Gigafactory war wirklich gigantisch, alles glänzte in angenehmem Hell. Fast alle Fabrikelemente waren in Weiß gehalten. Allein die Roboteranlagen stachen in den Farben Gelb oder Rot hervor. In einer klar abgezirkelten großflächigen Käfigwelt griffen sich die mächtigen Robotermaschinen die jeweiligen Teile heraus, reichten sie in dem einen oder anderen Fall an die im benachbarten Käfig-Abteil arbeitende Robotermaschine weiter, die die Teile zusammensetzte, um sie danach wieder weiterzureichen.

„Sind das CNC-Systeme?", fragte ich.

Jetzt lächelte Mr Musk süffisant und sagte: „Das war gestern. Das war Industrie 3.0. Nur in Teilbereichen arbeiten wir noch damit. Wir haben den Einstieg in die Industrie 4.0 gemacht – von Integrationswerkzeugen über Cloud Computing, Big Data bis hin zu Analytics und Steuerungsprozessen mit Hilfe unserer Neuralink-Forschung."

Ich wusste, dass Musks in San Francisco ansässiges Neurotechnologie-Unternehmen seit dem Jahr 2016 an der Erforschung und praktischen

Umsetzung von Künstlicher Intelligenz arbeitete. Sie hatten dort das »Gehirn« der selbstfahrenden Tesla-PKW entwickelt.

„Alles kommt aus dem Know How unserer Unternehmen?", fragte ich. Die Formulierung »*unserer* Unternehmen« war gewagt. Aber wer nicht wagt, der nicht gewinnt. Ich war mir bewusst, dass Musk gerne hörte, wenn sich alles auf ihn und auf *sein* Werk bezog. Zugleich aber forderte er die unbedingte Loyalität und Identifikation seiner Mitarbeiter zum Unternehmen.

„Natürlich – alles, was Sie hier sehen, kommt direkt von unseren Ingenieurs- und Konstruktionstischen, oder, wie Sie es gesagt haben: aus unseren Unternehmen."

Seinen weiteren Erläuterungen konnte ich nicht immer folgen. Es ging um die Integration verschiedener IT-Systeme auf unterschiedlichen Hierarchie-Ebenen, von der Maschinen-Ebene über die Steuerung und Kontrolle der Produktion in Echtzeit durch ein Produktionsleitsystem bis hin zur Unternehmensplanungs-Ebene.

„Das jedenfalls führt zu einer durchgängigen Optimierung von Produktionsanlagen sowie einer flexiblen Produktionsplanung im Unternehmen", sagte Musk und führte mich in eine langgezogene Nebenhalle. „Und eines der Endprodukte können wir zum Beispiel hier besichtigen …"

Vor uns stand ein knallroter, beeindruckend stromlinienförmiger Gigaliner. Hinter der dunkel getönten Frontscheibe war ein großes rotes Überführungs-Nummernschild zu sehen, auf dem stand in hervorstechend weißen Großbuchstaben ein Name geschrieben: »WILLI«.

Elon Musk strahlte vor Stolz. „Das also ist Willi, darf ich vorstellen?", sagte er und ging einige Schritte direkt vor die Front des Trucks. „Er ist ein elektrisch angetriebener Lastwagen mit einer Reichweit von rund 1.700 km, die er an einem einzigen Tag mit nur drei Ladepausen und einem Schleppgewicht von 32 Tonnen erreichen kann."

Über der Frontscheibe leuchteten fünf orangefarbene Lichter in länglicher Ausrichtung.

„Wofür sind diese Sehschlitze?", fragte ich.

„Sehschlitze – das ist ein zutreffender Begriff. Es sind Sensoren und Kameras. Überhaupt sind rundum Kameras und Abstandssensoren eingebaut, die für jedes selbstfahrende Automobil unentbehrlich sind. Aber nun gehen Sie schon zu Willi ins Fahrerhaus und fragen Sie ihn aus. Bedenken Sie nur bitte meine knappe Zeit."

„Oh, das tut mir leid, Mr Musk, ich werde mich aber kurzfassen. Vielleicht …"

„Ich denke, Sie werden sich noch ausführlich mit Willi beschäftigen, nämlich dann, wenn ich Sie bitte, über ihn zu schreiben. Sie können gerne demnächst mit meinem Sohn Mike noch einmal zu Willi und können wegen mir einen ganzen halben Tag mit ihm verbringen. Mein Sohn kennt sich bestens aus. Vielleicht drehen Sie beide auch mal eine Runde mit Willi. Wir haben hier schließlich auch ein Testgelände."

„Das ist ein Angebot, danke. Darf ich trotzdem kurz in die Kabine?"

„Na klar, die paar Minuten haben wir noch. Schalten Sie einfach das Mikro des CB-Funks ein und sagen Sie: „Hi, Willi". Dann können Sie direkt mit ihm kommunizieren, so wie er es selbst mit all den tausenden anderen CB-Funkern tun kann."

„Ist das nicht eine etwas veraltete Technik?"

„Schon. Aber sie wird in der Regel noch immer von den meisten – sagen wir: fast allen – LKW-Fahrern genutzt, um während der Fahrt mit anderen Fahrern oder anderen autonomen Roboterfahrzeugen zu kommunizieren. Sie tauschen Verkehrsinformationen aus, warnen vor mobilen Radarfallen, vor Polizei- und Zollkontrollen und vor allerlei anderen potenziellen Gefahren auf der Straße."

Er sah mich auffordernd an. „Na, gehen Sie schon! Steigen Sie hoch in die Kabine. Ich bin in einer halben Stunde wieder da und bin auf ihren Eindruck gespannt. Ich hole Sie hier ab."

Musk sah mir noch zu, wie ich die vier, in der Tür versenkten, aufklappbaren Stufen hochkletterte und auf dem fahrerlosen Fahrersitz Platz nahm. Dann verschwand er aus meinem Blickwinkel. Ich schaltete den CB-Funk ein und sprach ins Mikro: „Hi, Willi!"

„Hi, mit wem habe ich die Ehre zu sprechen?"

„Ich heiße Stefan Koenig. Ich bin der neue PR-Head of Department. Wir werden vermutlich öfter miteinander zu tun haben. Spätestens, wenn ich über dich einen Artikel schreiben werde. Unser beider Chef hat bereits erwähnt, dass er so etwas vorhat."

„Er weiß, was er will. Kluger Mann."

„Du bist auch klug, sagt Mr Musk. Stimmt das?"

„Nun, in aller Bescheidenheit muss ich sagen, dass man mich mit der neuesten KI ausgerüstet hat. Und was das bedeutet, weißt du gewiss."

„Nicht in vollem Umfang."

„Ich kann menschliche kognitive Fähigkeiten imitieren, indem ich Informationen aus Eingabedaten erkenne, sortiere, bewerte und Entscheidungen treffe. Meine Intelligenz ist wissensbasiert und mir stehen alle weltweit verfügbaren Daten in Sekundenschnelle zur Verfügung."

„Oh, das kann ich in diesem Umfang nicht. Dann bist du ja besser informiert und somit entscheidungsschneller als ich, oder?"

„Nun, das könnte man so sehen. Doch du hast den Vorteil, deine emotionale Intelligenz in deine spontanen Entschließungen mit einzubeziehen. Und auch das geht blitzschnell, weil dein Wissens- und Erfahrungspool auch in der Lage ist, in

Millisekunden Daten abzurufen und zu einer Entscheidung zu kommen."

Wir unterhielten uns noch eine ganze Weile. Willi zeigte sogar Interesse an meiner Vergangenheit, fragte mich aus, und ich erzählte ihm von meinen bisherigen Arbeiten und Engagements, von meinen Erfolgen und Niederlagen. Natürlich kamen wir auf mein Städtchen Lich und das Logistikmonster zu sprechen.

„Du bist ja ein unentbehrlicher Teil der Logistikbranche", sagte ich. „Eigentlich schade, denn ich bin gegen all dieses weitläufige unökologische Rumgekurve und die Flächenzerstörung durch immer mehr Asphaltierung, wenn du verstehst, was ich meine. Logistik gehört auf die Schiene."

„Ich weiß, was du meinst", antwortete Willi und schaltete den 34 Zoll Monitor ein. Vor meinen Augen erschienen verschiedene kleine Bildabschnitte, wie auf einem der bekannten Überwachungsmonitore. Auf jedem dieser Bildabschnitte waren jeweils lange Stauschlangen zu sehen.

„Wozu brauchst du einen Bildschirm, wenn dir deine KI alle Rechenoperationen und Daten intern zur Verfügung stellt?", fragte ich.

„Er ist nur für die IT-Werkstatt und den TÜV. Die Experten können hier sämtliche Daten zu meinem Zustand ablesen. Aber ich kann eben auch andere Informationen auf den Monitor aufspielen, wenn es erforderlich ist. Sogar Daten aus der Vergangenheit kann ich hier anzeigen."

Das brachte mich auf eine Idee. „Könnte ich jetzt zum Beispiel sehen, wie meine Mitbürger und ich 2020 gegen das Logistikzentrum demonstriert haben?" Es dauerte keine drei Sekunden, da war unsere Demo auf der Bildfläche zu sehen, und da sah ich auch wieder meine geschätzte Buchhändlerin, Frau Eggnus, mit ihrer Aussage: „Das ist der Tod für Lich. Mehr brauch' ich gar nicht sagen."

„Was meint diese Dame mit »Tod für Lich«? Meint sie das im Ernst?"

Ich erzählte Willi alles. Wirklich alles. Was wir befürchtet hatten. Die bevorstehende Umwelt- und Lärmbeeinträchtigung und die Folgen für die Lebensqualität und die Gesundheit. Und was man Mutter Natur durch den Bau des Monsters unwiderruflich angetan hatte.

„Unwiderruflich, meinst du?"

„Na ja, man müsste ja alles zurückbauen – diese Kosten wird die Stadt nicht schultern können. Das haben die Deppen von damals doch gar nicht bedacht. Sie sahen nur ihren Profit vor Augen."

„Deppen ist kein höflicher Ausdruck, lieber Stefan. Aber wen meinst du konkret damit?"

„Ich meine die verantwortlichen Politiker und ihre Amtsbüttel. Dann meine ich natürlich die Gierhälse aus der Immobilienbranche, diese Wüst AG, ebenso wie das Betreiberunternehmen *FAC*."

Auf dem Monitor wechselten die Bilder von den Autobahntaus zu einem Lach-Smiley und ich hörte Willis Stimme aus der CB-Box: „Wir schreiben jetzt das Jahr 2021. Ich werde dafür sorgen, dass sich das Logistikzentrum in deiner alten Heimat nicht großartig entwickeln kann."

Ich spürte aus Willis Stimme förmlich seine Zuneigung zu mir und meinem Anliegen heraus.

„Deine Wohlwollen in Ehren, Willi, aber du bist trotz KI nicht der Allmächtige. Und auch kein Zauberer."

Willi lachte und antwortete: „Aber ich kann mich mit meinen Straßenkollegen absprechen. Die zentrale Auslieferungsstätte der *FarAway Company* befindet sich noch immer in Kassel unmittelbar am Kasseler Kreuz. Wir werden den Standortwechsel nicht mitmachen."

„Du willst mit deinen Kumpels streiken?"

„Wir finden schon eine Antwort, mach dir keine Gedanken."

Die halbe Stunde war vorüber und ich verabschiedete mich von Willi mit den Worten: „Good bye, wir sehen uns demnächst wieder. Mit Mike Musk, den mir unser Chef angekündigt hat. Er wird von San Francisco hierher versetzt. Vielleicht drehen wir dann eine Runde mit dir auf dem Testgelände."

„Da war ich schon zig Mal zugange. Ich freue mich darauf. Freue mich auf dich und den Sohn unseres Chefs, dem ich noch nie in der Realität begegnet bin. Ich kenne ihn nur virtuell, nur aus den zugänglichen KI-Funktionen. Er ist ein ganz besonders schlaues Kerlchen. Ich fühle mich mit ihm eins."

Er fühlte sich mit ihm eins? Was bedeutete das? Ich sollte es schon bald erfahren.

Kapitel 5
Hupen & Tanken
[2025]

Es war etwa halb neun, es gab keinen heißen Kaffee mehr, immer noch Stromausfall. Dafür gab es einen lauwarmen Pappbecher-Cappuccino aus der stromtoten Kühltheke. Die anderen hatten schon längst gefrühstückt und ich hatte gerade zu meinem Lauwarmgetränk einen O-Saft und ein Müsli nachgeholt, als das Gellen der Hupen uns erschreckte. Wir sprangen auf und rannten an die Fensterfront. Das Hupen war derart aufdringlich und laut, dass man davon Kopfschmerzen bekommen konnte.

Der Kleinlastwagen wartete immer noch hilflos vor der Zapfsäule. Hinter ihm hatte sich eine lange Schlange von anderen Sprintern, aber auch von Monster-Trucks gebildet. Sie standen da, die Motoren brummten im Leerlauf und ihr wütender Hilferuf erfolgte in Form dieser grässlichen Huperei.

Ein LKW mit Anhänger, ein riesiger Mercedes mit silbernem – aber erkennbar leerem – Fahrerhaus, war fast bis an den schmalen Grasstreifen zwischen Parkplatz und der Imbiss-Tanke herangefahren. Bei der kurzen Entfernung wirkte die nur halbherzig abgerundete, viereckige Kühlerhaube gigantisch. Ein Kampfpanzer, allzeit bereit zum Morden.

Als sie uns am Fenster stehen sahen, reduzierte sich das vielfältige Hupen auf eine einzige Hupe. Sie schien aus dem Kleinlastwagen zu kommen. Sie gellte in harten, abgehackten und wütenden Stößen, deren Echo von den Wänden zurückgeworfen wurde. Ich glaubte, ein Muster zu erkennen. Kurz, dann wieder langgezogen, zweimal kurz, und das Ganze in einer Art Rhythmus.

Natürlich, genau das hatte ich den Kids als Pfadfinderführer beigebracht: es war Morsen.

„Seid alle leise", rief ich und an Bernd gewandt: „Hol mir bitte schnell einen Zettel und einen Stift!"

Er brachte mir das Gewünschte, und ich schrieb die Buchstaben auf das Stück Papier: W – B – A – C – H – T

Ich stutzte, und auch die anderen, die mir über die Schulter schauten, zogen lange Gesichter. Aaron räusperte sich und meinte: „Ich glaube, du hast vielleicht einen Buchstaben verwechselt oder etwas falsch gehört."

Wir hörten gemeinsam das sich wiederholende Hup-Stakkato: Dreimal lang – Lang, dreimal kurz – Kurz, lang – Lang, kurz, lang, kurz – Viermal kurz – Lang.

Wir alle prüften es sorgfältig noch zwei weitere Hupdurchgänge lang. Draußen blieb es nun still. Dann rief der Junge plötzlich: „Stefan, du hast den ersten Buchstaben falsch verstanden. Das W wird im Morse-Alphabet einmal kurz und zweimal lang getippt. Der da draußen morst aber dreimal lang und das bedeutet ein O. Das würde auch einen Sinn ergeben: OBACHT."

„Woher kannst du das wissen?", fragte Berts Fahrer.

Aaron wurde rot. „Ich war auch bei den Pfadfindern."

„Du?", sagte Olli. „Ist ja nicht zu fassen!" Er schüttelte den Kopf.

Wir schauten uns gegenseitig an. „Sie wollen uns warnen", sagte Aarons Freundin, „wenn wir sie nicht bedienen, dann …"

Hinter der Warteschlange sahen wir einen Bulldozer gemächlich heranschleichen. Sie hatten sich ihn und seine Tankfüllung aufgespart.

„Wir sollten ihnen mit einer Geste zu verstehen geben, dass wir ihre Zeichen verstanden haben", sagte der Fahrer und steckte sich eine Zigarette an. Seine Hände zitterten.

Ich trat an das Panoramafenster heran und zeigte mit dem Daumen nach oben.

Danach setzte wieder das Morsen ein, und ich schrieb hastig mit. Die Hupe brüllte ihre Botschaft in langen und kurzen Tönen in die stille Sommermorgenluft. Die Botschaft nahm Gestalt an: „Jemand muss rauskommen und uns betanken. Es wird ihm nichts passieren. Es muss jetzt sofort sein."

Die Huperei ging weiter, aber ich schrieb nicht mehr mit, weil nun immer wieder die gleiche Warnung folgte: OBACHT. Mir gefiel das Wort nicht, wie es so maschinell und kalt auf dem Fetzen Papier stand. Es klang unversöhnlich und kompromisslos. Entweder man folgte ihrer Aufforderung, oder ...

„Was sollten wir nun tun?", fragte der Juniorchef und blickte in die Runde.

„Was schon? Natürlich nichts!", sagte Olli. „Ich will nicht, dass mein Bert in irgendeine Scheiße hineingezogen wird. Er ist mein Ein und Alles. Und den anderen geht sowieso der Saft aus, dann ist Schluss mit dem Theater!"

Draußen hatten sich einige Laster mit ihrem Restkraftstoff im Halbkreis formiert. Ihre Scheinwerfer waren auf uns gerichtet.

„Ich habe da hinten in der Nähe des Bulldozers noch eine Planierraupe gesehen. Ich glaube, die meinen es ernst", sagte ich.

Julie, die Blondine, sah erst ihren Freund und dann mich ängstlich an. „Stefan, glaubst du, dass sie das Gebäude einreißen werden, wenn wir ihren Willen nicht erfüllen?"

Ich zuckte mit den Schultern. Ich wusste es wirklich nicht. Ich ahnte, dass da ein Plan im Spiel war – aber von wem und weshalb? Ging es vielleicht um das, was ich damals Willi erzählt hatte, und seine Verbündeten hatten sich in der Adresse geirrt?

Sie sah zu Bernd am Tresen. „Die da draußen schaffen das doch gewiss nicht, oder?"

Auch Bernd zuckte nur mit den Schultern.

„Ich glaube, wir sollten sie betanken", sagte ich schließlich.

Olli meldete sich zu Wort: „Stopp mal, darüber müssen wir abstimmen! Ich bin dagegen. Warum sollten wir uns auf ihre Erpressung einlassen? Ihnen geht der Diesel doch sowieso bald aus. Dann haben sie fertig. Wir brauchen nur zu warten."

Das hatte er inzwischen zum dritten Mal wiederholt. Wie ein Mantra.

„Nun dann, lasst uns abstimmen!", schlug ich vor und sah mich nach Zetteln um.

„Eine geheime Wahl ist wohl nicht nötig", sagte Aaron. „Wir sollten jetzt gleich und offen abstimmen."

„Moment, das geht mir doch zu schnell", presste Olli, wie aus der Pistole geschossen, zwischen seiner Kippe und der Oberlippe hervor.

„Ich bin der festen Überzeugung, dass wir bessere Chancen haben, zu entkommen, wenn wir sie erst einmal mit Treibstoff füttern", antwortete ich. „Was meinst du, Bernd?"

„Wir sollten drinbleiben und unseren Schutzraum nicht verlassen. Noch stehen die Wände."

Berts Fahrer ergänzte ihn: „Richtig. Hier haben wir noch einen gewissen Schutz!" und an mich gewandt fragte er: „Willst du dich wirklich zu ihrem Büttel machen? Wenn du ihnen einmal nachgibst, werden sie dich zeitlebens zum Ölwechsel, zum Betanken und zum Scheiben wischen benutzen, willst du das? Sie brauchen nur einmal hupen und du wirst immer für sie springen, ist das deine Zukunft?"

Er schaute wie ein Choleriker durch die Panoramafront nach draußen. „Sollen sie doch verdursten und an Unterernährung krepieren."

Ich sah Aaron und sein Blondinchen an.

„Er liegt nicht falsch", sagte der Junge. „Nur so können wir sie stoppen. Sie dürfen keine Kraftstoffzufuhr erhalten. Jedenfalls nicht freiwillig."

„Und wir sollen einfach abwarten und auf eine Besserung ihres Benehmens warten?", sagte ich.

„Vielleicht hilft uns ja noch jemand, der in der Altstadt mitbekommen hat, was hier abgeht", meinte Olli.

„Wenn jemand uns hier hätte helfen können, wäre es schon längst geschehen", gab ich zu bedenken. „Aber wer weiß schon, wie es woanders ausschaut. Denkt an den Stromausfall. Wenn das über unsere Tanke hier hinausgeht und den ganzen Stadtbereich oder gar den Landkreis oder ganz Hessen oder ganz Deutschland betrifft …"

„Oder ganz Europa oder gar die ganze Welt", ergänzte Julie und sah verzweifelt zu ihrem Freund auf.

Der Juniorchef, der gerade an Arturo Groß dachte, nickte, nahm hinter dem Tresen eine Flasche Cognac aus dem Regal und goss sich einen hinter die Binde. „Noch jemand?"

Berts Fahrer streckte nur die Hand aus. Bernd reichte ihm einen Cognac-Schwenker.

„Lasst uns klaren Kopf bewahren", sagte ich. „Wir müssen noch eine Weile auf unseren Füßen stehen – und vielleicht in der Lage sein, sehr schnell zu rennen."

Ich ging an den aufgebrochenen Zigarettenautomaten und nahm mir eine Packung, ohne mich für die Marke zu interessieren. Ich kannte mich als passionierter Nichtraucher sowieso nicht aus. Zuletzt hatte ich als Dreizehnjähriger geraucht, mit Erlaubnis meines alten Herren. Es hatte erst in einem Hustenanfall geendet und war dann gründlich in die Hosen gegangen.

Jetzt aber war es Zeit für einen neuen Versuch. Es war der günstigste Augenblick, in all der Verzweiflung zu einem Glimmstengel zu greifen und das beruhigende Nikotin zu inhalieren, oder?

Nun ja, da war aber nichts Beruhigendes. Der Rauch brannte mir anfänglich im Hals und dann verdammt heftig in der Lunge. Ich musste erst kräftig husten und anschließend aufs Klo, wie damals. Immerhin eine schöne Jugenderinnerung, sage ich nur.

„Ich werde nicht mein Leben wegen einem Zigarettenschiss aufs Spiel setzen. Ich gehe nicht mehr raus!", sagte ich entschieden. „Ich nehme mir einen der Eimer und verziehe mich in den Vorratsraum mit der Bitte, nicht zu stören."

Bernd griff unter den Tresen und reichte mir wortlos eine Küchenrolle. Ich hatte es verdammt eilig und verschwand für die nächsten zehn Minuten.

Die folgenden zwanzig Minuten schlichen träge dahin. Die LKW vorne warteten; die anderen hatten sich ordentlich an den Zapfsäulen aufgereiht.

Olli schaute angestrengt nach draußen, um nach seinem Bert, dem Brot, zu sehen. „Er ist weg!", sagte er empört.

„Er steht weiter hinten in der Reihe vor Zapfsäule 3", beruhigte ich ihn.

„Ich glaube nicht, dass es diese verrückten Laster ernst meinen mit ihrer Drohung", sagte Olli. „Schließlich ..."

In diesem Moment ertönte ein noch lauteres, brüllenderes, abgehackteres Geräusch als je zuvor. Ein Motor, der sich warmläuft, abfällt und wieder hochgejagt wird. Die Planierraupe.

Wie eine riesige gelbe Hornisse glänzte sie in der Sonne, ein neuartiger Schaufel-Bagger, ein Cat mit gewaltigen Stahlketten. Als er sich uns zuwandte, rülpste er tiefschwarzen Qualm aus seinem feindselig-emporragenden Auspuff. Von Teslas batteriebetriebenen Erfolgsmodellen hatte dieses Biest wohl noch nichts gehört.

„Er hat es auf uns abgesehen!", schrie das Mädchen.

„Wir werden den Angriff abwehren!", brüllte Olli verzweifelt und warf sein Zigarette weg. Das brachte mich auf eine Idee.

„Bernd", sagte ich zum Juniorchef der Tanke, „du hast doch gewiss einige Flaschen Ethanol für deine Kunden, die den ganzen Sommer über nur ans Grillen denken."

Er glotzte mich mit großen Augen an und nickte.

„Wo sind die Flaschen?"

Er deutete in Richtung des Raums, wo Olli das Stemmeisen gefunden hatte. Ich griff mir den jungen Mann – ich bereue es noch heute. „Komm mit!"

Wir rannten in den Werkzeug-Raum. Ich schaute mich hektisch um, aber Aaron hatte bereits die Behältnisse entdeckt. Es waren zehn Ethanol-Flaschen.

Ich hörte den Lärm der Planierraupe näherkommen, ihr Motor heulte auf, ich griff mir zwei Flaschen und rief dem Jungen zu, er solle die restlichen acht Flaschen so schnell wie möglich nach vorne bringen.

Ich eilte vor und sah den Cat, dessen Schalthebel sich automatisch bewegten. Über dem qualmenden Auspuff flimmerte die Luft. Plötzlich reckte sich die gezahnte Raupenschaufel hoch, ein schweres, angriffsbereites Stahlgerät, an dem noch getrockneter Schlamm klebte. Dann donnerte das Ding mit heulendem Motor direkt auf uns zu.

„Geht in Deckung!", schrie ich. „Zurück! Hinter den Tresen!" Ich gab dem mit offenem Mund dastehenden Fahrer einen gewaltigen Stoß, und das setzte auch die anderen in Bewegung.

Die gelbe Hornisse griff von der Seite an, wahrscheinlich, um die Zapfsäulen nicht in Gefahr zu bringen. Schließlich enthielten sie ihren Lebenssaft – der bisher auch der Familie Blau als Lebenssaft gedient hatte.

Zwischen dem etwas abseits gelegenen Parkplatz und der seitlich sich um die Ecke ziehenden Imbissräumlichkeit befand sich eine Rasenfläche, eingefasst von kniehohen Betonelementen. Mit siegessicher hoch erhobener Schaufel fuhr der Cat gelassen darüber hinweg. Er rammte frontal die Panorama-Ecke, die mit lautem Knall zersplitterte.

Zwei oder drei Deckenleuchten stürzten herab und noch mehr Glasscherben fluteten den Raum. Auch die Glastüren der Kühltheke waren zersprungen und hatten – quasi als Zusatzgeschenk – ihr Glas für den Fußboden fröhlich klirrend freigegeben, als hätte der Boden nicht schon genug davon.

Die Becher mit lauwarmem Latte-to-go waren herausgefallen und hatten ihren süßlich duftenden Inhalt als exquisite braune Bratensoße über den lasierten Holzfußboden verteilt. Das Mädchen schrie wie am Spieß, aber ihr jämmerliches Geschrei wurde vom unverschämten Brüllen des Cat-Motors souverän übertönt.

Die Planierraupe setzte zurück, wühlte den verbliebenen Rest des einst gepflegten Rasens um und schoss wieder vorwärts, um die restlichen Sitznischen in Liegeplätze umzugestalten. Zwei Kartons mit Hamburgern fielen aus dem Vorratsschrank. Die Hamburger verteilten sich über den glitschigen Glasscherben und besudelten sich mit der völlig unpassenden Latte-macchiato-Soße.

Der Juniorchef stand mit eingezogenem Kopf und geschlossenen Augen vor seinem inzwischen leeren Cognac-Schwenker. Ein einziger Gedanke erschütterte ihn im Innersten: Hier ging sein Erbe den Gang alles Irdischen. Sehr vorzeitig. In einer Todesanzeige würde es heißen: »Das Erbe verstarb viel zu früh und unerwartet.«

Aaron hielt sein Mädel fest.

Olli steckte sich zitternd eine neue Zigarette an, aber schon nach einem Zug schmiss er sie zu den Hamburgern und brabbelte vor sich hin: „Wir müssen denen sagen, dass wir ihnen helfen. Sie sollen ihn jetzt stoppen, jetzt sollen sie ihn stoppen. Stoppen! Wir müssen ihrem verdammten Wunsch entspre …"

„Das fällt dir ziemlich spät ein, was?", unterbrach ich ihn.

Das brüllende Biest setzte erneut zurück, um Anlauf zu nehmen, bereit, uns den Garaus zu machen. Die Zähne seiner verdammten Schaufel waren jetzt frei vom getrockneten Schlamm. Die robusten Metallzacken glänzten kariesfrei im Schein der Sommersonne. Dann stürmte der Cat in SA-Manier auf das Gebäude zu und fegte den rechten Träger hinweg. Krachend stürzte das Eck-Dach ein und eine Staubwolke flog über das Kuckucksnest.

Die Planierraupe fuhr problemlos rückwärts. Hinter ihr und hinter dem neuen Schutthaufen aus Zement-Trümmern und Mobiliar sah ich die Laster warten. Sie machten mir Angst. Ich zog mein Hemd aus und zerriss es in mehrere Streifen.

Jetzt mussten wir das kleine Zeitfenster nutzen, bis die Raupe wieder zum Sprung ansetzte. Die Ethanol-Flaschen! Ich schrie im Befehlston: „Aaron und Olli, helft mir die Hemdfetzen in die Flaschenhälse zu stopfen!"

Sie taten wie befohlen.

Ich schrie: „Bernd, drei Feuerzeuge!"

Er tat wie von mir angeordnet und gab jedem von uns ein Feuerzeug. Wir knieten nieder und stellten die Flaschen bereit. „Anzünden!", befahl ich dem Fahrer und Aaron. „Beeilt euch!"

Der Junge rannte mit seiner Flasche mit brennender Lunte voran, als sich die Raupe erneut nach vorne walzte. Olli und ich folgten Aaron. Die Glassplitter knackten unter unseren Schuhen. Die Luft war stickig, und es roch nach Kraftstoff. Die Brummis brummten im Leerlauf, die Kleinlaster

ließen ihre Motoren aufheulen und die Planierraupe kam mit Getöse auf uns zu.

Der Junge beugte seinen Oberkörper, als
wolle er die Startposition eines 100m-Schnellläu-
fers einnehmen, dann schoss er los. Wir konnten
seine Silhouette vor der gierigen Raupenschaufel
gerade noch sehen und wichen instinktiv nach
links aus. Sein erster Wurf ging daneben. Seine
zweite Flasche traf nur die Stahlketten und ver-
brannte völlig unwirksam.

Gerade wollte er ausweichen, aber da war das
Biest schon über ihm, ein donnerndes Ungeheuer,
fünf Tonnen Stahl. Ich sah noch seine Arme hoch-
fliegen, dann war er weg. Liquidiert, wie Netan-
jahu sagen würde.

Ollis Flasche traf schon besser und landete
dennoch nutzlos auf der Motorhaube. Einen halben Meter weiter hinten und sie hätte wohl mit ei-
nigem Effekt im Motorraum für Chaos gesorgt.
Die zweite Flasche traf die Frontscheibe des Füh-
rerhauses, glitt aber daran ab, hatte jedoch immerhin einen Riss in der Scheibe bewirkt.

Das war meine Chance. Ich warf meine erste
Flasche direkt in den Motorraum und gleich die
zweite hinterher in Richtung Windschutzscheibe.
Sie durchschlug die angeknackste Scheibe und landete im Führerhaus. Beide Flaschen explodierten
fast zeitgleich, und Flammen schossen meterhoch
empor.

Der Motor der Planierraupe stöhnte auf. Es war ein fast menschlicher Schrei, ein grässliches Gebrüll des Schmerzes und des Zorns. Das Biest fuhr Zickzack und riss dabei die Lufttank- und Staubsauger-Anlage nieder. Dann stampfte sie mit einem letzten Aufstöhnen auf den Abflussgraben zu, wo sie in einem Flammenmeer explodierte.

Ich wankte benommen zurück in die schützende Trümmerwüste und wäre auf dem glitschigen Glas fast über meine Schnürsenkel gestürzt. An witzigen Tagen hätte ich dafür Trump oder Putin verantwortlich gemacht. Oder halt den Klimawandel. Aber im Moment war mir nicht nach blöden Scherzen, denn etwas auf meinem Kopf fühlte sich heiß an und roch furchtbar. Mein Haar stand in Flammen.

Ich riss ein Geschirrtuch vom Haken und erstickte das Strohfeuer, dann goss ich mir in der gebotenen Eile und in Ermanglung von Wasser eine Flasche zuckerfreien Apfelsaft über den Kopf. In einer Dauerschleife schrie das Mädchen Aarons Namen und stieß ihren Kopf unentwegt gegen eine Art Klagemauer – gegen einen der herausgerissenen Betonpfeiler. Eine kreischende Litanei geistiger Umnachtung.

Ich drehte mich um und sah den Neuen. Es war ein riesiger Tieflader, der auf uns zurollte. Er wählte den seitlichen Weg hin zur offenen Fassade.

„Ich will zu meinem Bert", schrie Olli und rannte los.

„Tu das nicht!", rief Bernd mit einer guten Portion Entsetzen in der Stimme. „Es ist viel zu gefähr ..."

Aber er war schon unterwegs zu seinem geliebten Bert, der am Ende der langen Warteschlange stand, ganz in der Nähe des Abflussgrabens. Irgendwo musste der Wagen im Hinterhalt gelegen und auf einen von uns gewartet haben: ein Sprinter mit der Werbeaufschrift »Rainers Wäscherei – Keiner wäscht reiner.«

Bevor wir begriffen, was geschah, war Berts Fahrer umgenietet. Der Sprinter verschwand so plötzlich, wie er gekommen war – nur Olli lag dort in seinen letzten Zuckungen im Kies. Beim Aufprall waren seine gehorteten Zigarettenschachteln weggeflogen und umsäumten den Tatort wie eine Kreidezeichnung der Mordkommission.

Der Neue rollte langsam über die von seinem Vorgänger bereits zermalmte Betoneinfassung auf den Rasen. Er blieb stehen, wohl zögernd, ob der Rasen zum Golfspiel oder doch eher zum Endspiel gegen uns geeignet sei. Er ließ sich noch ein wenig weiter rollen, dann schaute seine LKW-Fratze neugierig in die zerstörte Flanke des Gebäudes hinein.

Plötzlich begannen wieder die Hupen zu gellen. Hilferufe von Verhungernden und Verdurstenden.

„Ich kann es nicht mehr hören", winselte die Blondine. „Hört das denn nie mehr auf! Aufhören! Hört auf, bitte, bitte!"

Aber die Laster kannten kein Erbarmen, die Huperei steigerte sich ins Unermessliche. Selbst ich bekam die Krise. Das Hup-Stakkato war schnell zu entziffern. Es war wie zuvor. Wir sollten sie endlich betanken.

„Ich werde es tun", sagte ich.

„Nein", sagte Bernd. „Das ist mein Job. Bleib' bei der jungen Dame. Sie braucht dich."

„Okay", willigte ich ein. „Aber wenn ich dich ablösen soll, dann lass es mich wissen."

Er ging um den Tresen herum, stieg über die Trümmer hinweg, warf das Notstromaggregat für die Zapfsäulen an und verließ das Restgebäude über den Hinterausgang.

Die LKW standen immer noch brav in einer Reihe. Ihr Hupen hörte auf, als ihnen der Juniorchef zu Gesicht kam. Jenseits der Kiesauffahrt stand der Wäscherei-Sprinter und knurrte wie ein aufgescheuchter Wachhund. Eine falsche Bewegung des jungen Chefs, und der Sprinter hätte ihn angefallen. Die Sonne ließ seine leere, sauber gewaschene Windschutzscheibe aufblitzen. Seine Scheinwerfer reflektierten silbern. Ich blickte in die Fratze eines durchaus autonomen, aber autokratischen Idioten.

Ehrlich gesagt hatte ich Angst um den jungen Mann.

Er nahm jetzt die Zapfpistole vom Haken. Dann öffnete er den ersten Tankverschluss und ließ den Treibstoff einlaufen. Nach einer halben Stunde hatte er den ersten Zapftank geleert und ging zur nächsten Zapfsäule.

Inzwischen hatte ich für mich und das Mädchen eine kleine unbeschädigte Nische gefunden und von Splittern gesäubert. Wir setzten uns auf die beiden noch ganzen Stühle, und sie rückte mit ihrem Stuhl nahe an mich heran. Ich nahm sie in den Arm, während sie schluchzte und dauernd den Namen ihres Freundes vor sich hinmurmelte. Wir konnten von hier aus nach draußen schauen, und ich nahm wahr, dass die Tank-Orgie noch lange dauern würde. Ich musste Julie ablenken und ließ mir eine Frage einfallen.

„Glaubst du, dass diese Ungeheuer da draußen in irgendeiner Weise mit Intelligenz gesegnet sind?"

Erst schaute sie mich groß mit ihren verweinten Augen an, dann sagte sie zögernd: „Wenn sie das sein sollten, dann ist es … eine … eine sehr bösartige Intelligenz." Eine Weile schwiegen wir, dann stellte sie mir die erwartete, von mir kalkulierte Gegenfrage. „Was glaubst *du* denn?"

„Intelligenz hängt nicht vom Grad der Gutmütigkeit oder Bösartigkeit ab. Sie handeln zwar böse, aber nicht dumm. Jedenfalls handeln sie in gewisser Weise recht planvoll. Ich denke, es sind Roboter in Form von Automobilen. Sie können nicht nur autonom fahren, sie können auch autonom Wissen verarbeiten und autonom entscheiden, was sie als Nächstes tun werden. Ich habe damit Erfahrung. Ich kenne einen sehr menschlichen Roboter. Es ist Mike, der Sohn von Elon Musk."

Ich erzählte ihr die Geschichte von Mike Musk.

*

Als Elon Musk 47 Jahre alt wurde, hatte er sich von seinem KI-Unternehmen, der Neuralink Incorporation, zu seinem Geburtstag einen mit Künstlicher Intelligenz ausgestatteten Roboter gewünscht. „So menschenähnlich und so klug wie möglich", hatte er gesagt.

Eines sommerlich-warmen Juninachmittags – es war der 28. Juni 2018, der Geburtstag des Konzern-Chefs – kam ein Tesla-Lieferwagen die lange, dekorativ begrünte Zufahrt heraufgefahren, die zum imposanten Landsitz der Familie Musk hoch über der Bucht von San Francisco führte. Die ganze Familie war versammelt, seine 30-jährige Frau Grimes sowie Griffin und Xavier, Elons 14-jährige Zwillinge aus erster Ehe. Natürlich wusste der Jubilar, was da angeliefert wurde.

Als Fahrer und Beifahrer des Firmenwagens die elegant geformte, metallisch schimmernde Gestalt aus ihrem Styropor-Verschlag befreit hatten, verkündete Elon Musk vor der versammelten Familie: „Dies ist MMM 3.033R – unser sehr persönlicher und recht intelligenter Tesla-Roboter für Haus, Hof und Garten. Eine Robotnik-Kreation der Vierten Generation. Unser privates Familien-Faktotum. Ein Geburtstagsgeschenk, das ich mir selbst gemacht habe."

„Wie nanntest du ihn?", fragte Griffin, der fünf Minuten ältere der Zwillingsbrüder. Er hatte blonde Haare und durchdringende blaue Augen. Als Teenager machte er gemeinsam mit seinem Bruder gerade die Mädels an seiner Highschool verrückt, indem er eine Party nach der anderen veranstaltete.

„MMM 3.033R."

„Ist das sein Name?"

„Seine Seriennummer."

Griffin verzog das Gesicht. „Eine Seriennummer ist kein Name. Wir sollten ihm einen richtigen Namen geben."

Xavier sah Griffin an, als sei sein Bruder von einem anderen Stern. „Mensch Griffin!", rief er aus. „Ein Roboter ist kein Mensch und er braucht auch keinen menschlichen Namen."

„Die Seriennummer lässt sich schlecht rufen. Und anders als der Rasenmäh-Roboter oder der Robotnik-Pförtner oder die drei Security-Roboter, die Tag und Nacht unser Anwesen schützen, lebt Dad's Geburtstagsgeschenk hauptsächlich mit uns im Haus. *Im Haus!* Oder Dad, ist es nicht so?"

„Ja, er wird mit uns leben wie ein Familienmitglied. Und ich bin nicht abgeneigt, ihm einen Vornamen zu geben, den man gut rufen kann, denn die fließende Kommunikation ist eine der Neuerungen, die unsere Neuralink-Forscher errungen haben."

„Wir sollten ihn Freddy nennen", rief Xavier.

„Das klingt irgendwie herabwürdigend, so als wäre er ein Frettchen. Es hört sich nicht nach einem Familienmitglied an", meinte Griffin. „Außerdem enthält dein vorgeschlagener Name keinen einzigen Buchstaben aus der Seriennummer. Und das wäre doch wohl der mindeste Respekt, den wir den Neuralink-Forschern entgegenbringen sollten."

Elon Musk wusste die etwas klügere Zwillings-Variante in Person Griffins zu würdigen, obwohl seine eigentliche Sympathie bei dem frecheren Xavier lag. Doch das ließ er sich nicht immer anmerken.

Jetzt sagte er mit patriarchalischer Bestimmtheit zu seiner Gattin: „Okay, Grimes, dann ist es eben dein Job, ihm direkt jetzt einen Namen zu geben. Bei dreimal M sollte sein Vorname mit M beginnen. Ich zähle: Eins, zwei … und … drei!"

„Mike", sagte sie spontan.

„Danke, Darling, das klingt klassisch und passt harmonisch zu unserem Nachnamen: Mike Musk."

Und dabei blieb es. So sehr, dass im Laufe der Jahre niemand in der Familie Musk ihn jemals wieder MMM 3.033R nannte. Mit der Zeit geriet Mikes Seriennummer in Vergessenheit und musste nachgeschlagen werden, wenn er zur Wartung auf das Tesla-Gelände gebracht wurde. Mike selbst gab an, er habe seine eigene Nummer vergessen. Das entsprach natürlich nicht ganz der Wahrheit. Denn egal, wie viel Zeit vergehen mochte, er konnte niemals etwas vergessen, nicht wenn er sich erinnern wollte.

Doch als die Monate und Jahre vergingen und die gesellschaftlichen und technischen Verhältnisse sich zu ändern begannen, verspürte er immer weniger das Verlangen, sich an die Nummer zu erinnern. Er ließ sie sicher im Versteck seiner Datenspeicher, in den Platinen seines positronischen Gehirns, und dachte nie daran, sie hervorzuholen.

Er war jetzt Mike.

Mike Musk – der Mike der Familie Musk in Musk-Valley, Fremont Boulevard 45500.

*

„Ist das eine wahre Geschichte?", fragte mich Julie und rückte noch etwas näher an meinen Stuhl heran. Draußen hörte man die betankten Brummis davonfahren. Die Huperei hatte längst aufgehört, aber in dieser Situation war jedes Motorgeräusch beunruhigend. Sie hatten gemordet. Bisher gingen fünf Tote auf ihr Konto.

Erst nickte ich geistesabwesend, denn ein anderer Gedanke ging mir durch den Kopf. Dann sagte ich endlich: „Ja klar, das ist so wahr, wie ich neben dir sitze." Es war auch wahr. Es gab diesen Roboter, der sich im Laufe der Jahre dank KI immer weiterentwickelt hatte. Alle technischen Neuerungen waren ihm im Laufe der Jahre durch Elon Musk zugutegekommen.

Ich hatte Mike vier Jahre später in Grünheide kennen gelernt. Da war er bereits sehr weit entwickelt gewesen – so weit, dass man ihn auf den ersten Blick nicht mehr als Roboter erkennen konnte. Was mich jedoch im Moment etwas von der Mike-

Story ablenkte, war die Beobachtung, dass die betankten LKW da draußen quasi im Nichts verschwanden. Ich jedenfalls konnte sie nicht mehr sehen. Sie fuhren in Richtung des Kreisels, dann waren sie außer Sichtweite.

Langsam dämmerte es mir. Konnte es sein, dass überall im ganzen Land die Lastwagen in langen Reihen an den Zapfsäulen warteten und die Leute dasselbe taten, was Bernd den Brummis gerade zugutekommen ließ – vorausgesetzt die Leute lagen nicht tot im Dreck, Reifenspuren auf den zerquetschten Leibern.

Oder fuhren die Kipper, Radlader, Bagger, Bulldozer, Sattelschlepper und alle anderen Lastkraftfahrzeuge nur fünf Dutzend Meter weiter und räumten die *FarAway Company* ab? Denn aus dieser Richtung ertönte zunehmender Lärm.

„Erzähl weiter, Stefan, ich will nicht an die da draußen denken."

Ich erzählte ihr in Kurzfassung, wie es weiterging.

Kapitel 6
Mike Musk
[Rückblende 2022]

Es war im Frühjahr des Jahres 2022. Bei mir in Grünheide war der Besuch von Vater Musk und Sohn angesagt. Charlotte hatte es mir im Auftrag des Chefs ein paar Tage zuvor mitgeteilt. Zu diesem Zeitpunkt wusste ich natürlich nicht, dass Mike ein Roboter war, alles an ihm erschien mir total menschlich, von den Fingernägeln über die Haut bis zu den Haaren. Ich schöpfte monatelang keinen Verdacht. Mein Auftrag: Ich sollte Mike in Public Relations ausbilden.

„Stephen, das ist mein ältester Sohn Mike", sagte Mr Musk, und Mike trat vor, um mir die Hand zu reichen. Das hatte ich nicht erwartet. Der Handschlag war eine recht europäische Sache. In Amerika hatte ich oftmals die Hand zur Begrüßung oder zum Abschied hingestreckt – und zwar ins Leere. Wenn ein Amerikaner einen nicht per Händedruck begrüßt, sondern nur mit einem kurzen »Hello« oder »How are you«, dann ist das kein Ausdruck von Desinteresse oder Ablehnung, hatte ich damals festgestellt, sondern bedeutet nur, dass er einen im positiven Sinn als gleichgestellt erachtet.

„How are you? Ich bin Mike und freue mich auf die Zusammenarbeit mit Ihnen, Mr King." Er schüttelte mir kräftig die Hand.

Mein Auszubildender in spe war groß, machte einen sportlichen, fast athletischen Eindruck. Sein mittelbraunes Haar war struppig durcheinander gewuselt, wie es bei jungen Leuten heutzutage üblich war. Sein Alter mochte Anfang Dreißig sein. Ich überschlug kurz: Wenn Elon Musk jetzt 51 Jahre alt war, dann war Mike wohl die Frucht aus Elons Zeit als Zwanzigjähriger. Puh, mein Chef musste ein früher Draufgänger gewesen sein.

Mikes braune Augen schauten mich erwartungsvoll an. Er sah seinem Vater verblüffend ähnlich.

„Wenn ich Ihren Vater richtig verstanden habe, darf ich Sie zum PR-Manager ausbilden. Oder sagen wir besser: es ist eine Fortbildung, denn Sie werden ja bereits eine Ausbildung absolviert haben."

„Wissen Sie, Sir", antwortete Mike, „bei uns in den Vereinigten Staaten gibt es kein solch starres Ausbildungssystem wie in Europa. Es ist völlig gleich, wann und auf welche Weise man seinen persönlichen Zugang zu einem Beruf findet. Hauptsache, man hat dafür die nötige Kompetenz erworben – wie auch immer. Wichtigster Indikator ist für uns der Erfolg."

Na, das war mal ein Statement. Ganz wie sein Vater. Aber anders als sein Erzeuger trat er von Anfang an sehr diplomatisch auf, sehr höflich – und zurückhaltend dann, wenn Zurückhaltung angebracht war.

Wie mit dem Chef vor langer Zeit besprochen, nahm ich Mike in meinem Büro auf. Ich erzählte ihm von meiner gegenwärtigen Aufgabe, von den Kon-

130

takten zum Bürgermeister, zu Kommunal- und Landespolitikern und zu Journalisten. Und ich berichtete von meinem bisherigen Berufsleben vor Tesla – auch von meinem Kollegen Ben im Licher Verlag, mit dem ich mich im Laufe der Jahre angefreundet hatte, und der mich ungern nach Grünheide hatte ziehen lassen.

„Es ist nichts produktiver für den Arbeitsprozess, als wenn man sich mit den Kollegen freundschaftlich und ohne Kompetenzgerangel versteht", sagte Mike. „Erwiesenermaßen kann eine gute persönliche Beziehung zwischen Kollegen den Arbeitsablauf optimieren, ihn reibungsloser und schneller gestalten."

Mir fiel Mikes ausgesucht besonnene Wortwahl auf.

Und noch etwas fiel mir auf: „Sie sehen das sehr zweckmäßig, lieber Mike, und natürlich haben Sie aus betriebswirtschaftlicher Sicht recht", sagte ich und machte eine kurze Pause, um seine Reaktion festzustellen. Aber Mike sagte weiter nichts, und ich fuhr fort: „Ich war aber auch immer froh, in Ben einen vertrauenswürdigen Kollegen gefunden zu haben, dem ich gelegentlich mein Herz ausschütten konnte."

Jetzt lächelte Mike. „Sie meinen mit »ihr Herz ausschütten«, wenn der Chef wieder einmal ungerecht war. Wenn er vorgab, mehr zu wissen als man selbst, der man unmittelbar mit dem Arbeitsauftrag zu tun hatte?"

„Zum Beispiel."

„Haben Sie keine Sorge, Mr King, in mir haben Sie einen loyalen Bürokollegen. Nur weil unser gemeinsamer Chef zufällig mein Vater ist, werde ich ihn nicht unkritischer sehen als jeder andere Mitarbeiter auch. Wenn er jedoch die richtigen Entscheidungen trifft, werde ich ihn genauso unterstützen und am gemeinsamen Erfolg arbeiten, das ist ja selbstverständlich. Mit privaten Angelegenheiten von ihm und mir werde ich Sie allerdings nicht belästigen, keine Angst, Mr. King."

Ich klärte Mike erst einmal über meinen eigentlichen Namen auf. „King ist die englische Version meines deutschen Namens »Koenig«. Ihr Vater zieht es freilich vor, mich mit King anzusprechen – wahrscheinlich muss er insgeheim an Stephen King denken, denn er nennt mich auch beim Vornamen »Stephen«, obwohl ich Stefan heiße."

„So ist Dad. Er setzt gerne seine eigenen Regeln. Nehmen Sie es ihm bitte nicht übel. Nur deshalb konnte er es als Unternehmer so weit bringen."

Vielleicht schaute ich etwas zu skeptisch, denn Mike ließ noch eine Nachbemerkung fallen, die mich hellhörig machte: „Ich weiß: Für europäische Ohren klingt das nicht gerade nach einer demokratischen Errungenschaft, vielmehr nach autokratischem Gehabe, wie es viele Kritiker bezeichnen. Doch darüber können wir bei gegebenem Anlass reden. Für heute möchte ich Ihnen gerne meine Buchveröffentlichung zur Geschichte der Robotik zum Geschenk machen. Dad meinte, Sie würden an ähnlichen Themen arbeiten und wir könnten uns gewiss angeregt darüber austauschen."

Er überreichte mir sein umfangreiches Buch.

Irgendwann brachte ich ihm im Gegenzug mein Buch mit, von dem er mir schon nach unglaublich kurzer Zeit versicherte, es sei hervorragend geschrieben und fachlich auf hohem Niveau. *

Da war ich schon ein wenig verwundert, wie mein Auszubildender zu solch einem schnellen Urteil gelangt war.

Mike war ein gelehriger Schüler. Einen netteren Menschen hätte ich mir als Mitarbeiter nicht wünschen können. Auch meine heiße Flamme, Charlotte, schwärmte von Mikes Höflichkeit und Intelligenz. Als ich sie fragte, ob sie Mike noch aus ihrer Zeit in San Francisco kennen würde, verneinte sie. Der Chef hätte sie damals nicht in seine Privatsphäre einbezogen, schließlich hätte in Fremont auch noch die dortige Chefsekretärin Ellen Carmer zwischen ihr und ihm gestanden. Mrs Carmer sei eher schon einmal vom Chef mit privaten Aufträgen betraut worden.

Ich kochte gelegentlich für Charlotte und mich, während Mike sich im Gästehaus, wie ich vermutete, selbst bekochte und dort auch für die Zeit wohnte, wenn sein Vater zurück in Kalifornien war. Ich wusste damals ja nicht, dass Mike weder Kohlenhydrate, noch Vitamine oder Wasser benötigte, allein Energiezellen. Umgekehrt bereitete Charlotte – gewissermaßen in abwechselndem Turnus – für mich ein Essen vor. Nach gemeinsamem Jogging über Lö-

---

* Vergleichen Sie bei Bedarf lieber selbst: »3033 – Meine Reise mit Elon Musk zum Mars«.

wenzahn gesäumte Wege speisten wir dann bei untergehender Sonne auf der Terrasse im Vorgärtchen ihres Häuschens. Woran ich dabei gelegentlich dachte? *Liebe geht durch den Magen,* hatte meine Mutter immer gesagt, wenn Vater ihr Essen über den Klee lobte.

In den folgenden Wochen nahm ich Mike auf meinen zahlreichen Außenbesuchen mit. Wir sprachen über den Tag der Offenen Tür, den ich im Oktober des vergangenen Jahres organisiert hatte. Es war mit über 9000 Besuchern ein großer Erfolg geworden. Riesenrad, Würstchenbuden, Elon Musk live. Die riesige Gigafactory und die vielen Elektroautos hatten die Besucher fasziniert.

„Was meint mein Dad? Will er das noch einmal veranstalten?", fragte Mike.

„Ja, wieder im Oktober."

„Dann müssten wir bereits bald …"

„Ja", fiel ich ihm ins Wort, „sehr bald!"

Mike sah mich erstaunt an und sagte: „Wir müssen schon in einem Monat die Sache vororganisieren, nicht wahr?"

„Das wollte ich gerade vorschlagen. Aber Sie sagen es, Mike: In vier Wochen spätestens müssen wir beginnen. Ich sehe, wir können gegenseitig Gedanken lesen."

Mike lächelte zufrieden. Er und ich verstanden uns immer besser, sehr oft sogar ohne Worte. Noch siezten wir uns. Auch als er meine Liaison mit Charlotte auf sehr pikante Weise mitbekam, verhielt er sich diskret. Er machte darüber keinerlei Bemerkung, nicht einmal an jenem frühen Morgen, in der

134

Dämmerung, lange nach Büroschluss und lange vor Büroöffnung.

Ich saß an jenem späten Vorabend alleine im Büro und redigierte in Ruhe unsere Betriebszeitung. In jeder Ausgabe stellte ich drei Mitarbeiter der Zentrale vor. Ich betrachtete das Foto meiner wunderschönen Charlotte. Aber war sie wirklich »meine« Charlotte? Ich entwickelte allmählich unbehaglich starke Gefühle für sie – unbehaglich, aber nicht gerade unangenehm. Ihre Augen waren von einem unheimlich leuchtenden Grün … anfangs hatte ich sie eine Zeitlang beobachtet, um zu sehen, ob sie gefärbte Kontaktlinsen herausnehmen würde, aber offensichtlich war es ihre echte Augenfarbe. Ich begehrte sie wie ich noch nie eine Frau begehrt hatte. Doch sie schien mir sehr unabhängig zu sein. War das der besondere Reiz?

Wir schliefen jetzt schon seit vielen Wochen miteinander, aber ich bekam von ihr nicht genug, ich wollte Tag und Nacht mit dieser Frau namens Charlotte Curtis schlafen. Und doch hatte sie sich mir in den letzten drei Wochen verschlossen. Ich sagte mir immer wieder vor, dass das nur an dieser außergewöhnlichen Situation lag, in der wir uns befanden: Sie als die wichtigste Person auf dem europäischen Kontinent – jedenfalls für meinen mächtigen Chef, den reichsten Amerikaner, und ich als sein PR-Mensch, dem er voll vertraute … eine irgendwie reizvolle, weil eigentlich verbotene Konstellation. Vielleicht stimmte das auch, aber es änderte nichts an meiner Begierde.

Das Redigieren war ermüdend, doch Charlottes Bild hielt mich noch eine Zeitlang wach. Ich ließ das Foto offen auf meinem Platz liegen und ließ mich auf der Besuchercouch nieder, räumte die Rückenkissen zur Seite und döste vor mich hin. Ich wurde erst gegen Mitternacht hellwach, als plötzlich Charlotte im Raum stand. „Stefan, ich habe mir Sorgen gemacht, wo du bleibst." Ich deutete wortlos neben mich und sie legte sich hin. Wir mussten zwei Stunden geschlafen haben, als ich von einem Geräusch aufwachte. Charlotte hatte inzwischen eine Art Fötus-Lage eingenommen – sie hatte die Knie zur Brust hochgezogen und die Hände zwischen den Oberschenkeln vergraben. Sie schien tief zu schlafen. Ihr Sweatshirt hatte sich auf einer Seite etwas hochgeschoben und enthüllte herrlich weiße Haut. Ich spürte, dass ich eine völlig überflüssige und durchaus peinliche Erektion bekam. Ich versuchte mich abzulenken und dachte an das Geräusch.

Da war es wieder.

Ich stand behutsam auf, um Charlotte nicht zu wecken. Ich schaute mich auf dem Flur und in den beiden benachbarten Büroräumen um. Ich fand die Quelle des Geräusches nicht, das nun auch verstummt war. Vielleicht war es die air condition, die manchmal auch nachts ansprang.

Als ich zurückkam, war Charlotte verschwunden. Also ging ich auf Suche nach ihr und schlenderte einen der Gänge entlang, und plötzlich rief eine Stimme leise: „Stefan!" Es war Charlotte, die an der Treppe zu den Büros stand. Ihre Augen glichen Smaragden. „Was war los?"

„Nichts", antwortete ich.

Sie trat auf mich zu. Ich nahm einen schwachen Parfumduft wahr. Und ich begehrte sie sehr. „Du geliebter Lügner!" sagte sie.

„Es war nichts. Wirklich. Ein Geräusch der Air-Condition. Klassischer Fehl-Alarm."

„Wenn du es nicht anders willst." Sie nahm meine Hand. „Ich war gerade oben im Chefbüro. Es ist exklusiv, und der Chef ist weit weg. Und die Tür lässt sich abschließen."

Ihr Gesicht war ganz ruhig, aber ihre Augen funkelten wild, und ich konnte den raschen Puls-schlag an ihrem Hals sehen.

„Ich verstehe nicht …"

„Ich habe mein Foto auf deinem Schreibtisch gesehen", sagte sie. „Wenn wir erst lange darüber diskutieren müssen, hat es keinen Sinn."

„Ja." Ich erkannte, dass sich mir hier eine Gele-genheit bot – vielleicht nicht die beste, aber immer-hin. Die erdrückende Müdigkeit war mit einem Mal verflogen.

Wir stiegen die breite Treppe zu Elons Büro hinauf. Ich schloss die Tür hinter uns ab, falls die Leute vom Sicherheitsdienst auf die Idee kämen, hier innerhalb des Hauptgebäudes auf Patrouille zu gehen. In der Dunkelheit konnte ich Charlotte nur noch umrisshaft sehen. Ich streckte meine Arme aus, berührte sie und zog sie an mich. Sie zitterte. Wir knieten uns auf den Boden und küssten uns, aber nicht so wie immer – eher so, als würden wir uns das erste Mal begegnen, und ich wölbte meine

Hand um ihre straffe Brust und fühlte ihren raschen Herzschlag durch das Sweatshirt hindurch.

Ich dachte daran, wie meine Mutter mir als Kind gesagt hatte, ich dürfe die Stromleitungen der Rindergatter nicht berühren. Ich dachte an meine ehemalige, heißgeliebte Ehefrau und dann dachte ich wieder daran, wie ich Charlotte zum ersten Mal gesehen hatte. Ich bekam eine gewaltige Erektion.

Wir standen vom Boden auf und entdeckten im Halbdunkel Elons herrlich breites Samt-Sofa und legten uns darauf. Charlotte flüsterte: „Lieb' mich, Stefan. Wärme mich." Als es ihr dann kam, grub sie ihre Nägel in meinen Rücken und stammelte einen Namen, der nicht der meine war. Es machte mir nichts aus. Wir waren dadurch quitt.

Als wir wieder hinunterkamen, war eine Art kriechende Dämmerung angebrochen. Und auf dem Weg nach Hause, als wir Händchen haltend die Gigafactory hinter uns ließen, begegnete uns Mike, der uns amüsiert wissend zulächelte. Charlotte und ich waren sicher, dass er die von uns soeben vollzogene wilde Liebe riechen konnte.

Auch zu diesem Zeitpunkt wusste ich noch nicht, dass Mike keinen Schlaf benötigte und rund um die Uhr in Betriebsbereitschaft war.

*

Julie kniff mich in den Arm, sah mich desorientiert an und sagte: „Hast du wirklich mit Musks Chefsekretärin Liebe gemacht?"

Es war mir gelungen, die Kleine abzulenken. Abzulenken von der da draußen herrschenden Grausamkeit.

„Ja", sagte ich. „Es gibt Momente, wo die Liebe, wo unsere Gefühle unwiderstehliche Macht über uns ausüben."

Ich musste an Julies eigene Gefühlsausbrüche denken. Ja, nicht alles war mit dem Verstand steuerbar. Ihr Entsetzen, ihre Angst, ihre Hoffnung, ihre Trauer, ihr Gefühlswirrwarr – alles war echt, alles war zutiefst menschlich und keineswegs verachtenswert. *So ist das Leben,* dachte ich. Nicht alles bleibt im feinen Rahmen, wenn die Umstände den üblichen Alltag sprengen. Wir hatten es gerade in den letzten beiden Tagen erlebt. Die Zivilisation konnte sich unerwartet schnell in erbärmliche Einzelteile zerlegen

Der vor unseren Augen herrschende Schrecken hatte durch meine Erzählung für einige Momente an Wucht eingebüßt. Aber über den Tod ihres Geliebten konnte keine Erzählung hinweghelfen, da war ich mir sicher.

„Und wie war es mit Mike? Hatte er, der Roboter, irgendwelche Gefühle gezeigt?"

„Solange ich nicht wusste, dass er ein sehr kluger Automat ist, hat er sich in meinen Augen nicht anders verhalten als einer der anderen Mitarbeiter. Inwieweit er für sich selbst Gefühle verspürte, konnte ich damals noch nicht in Erfahrung bringen. Erst später sprach ich mit Mike darüber."

„Wie ging es mit Mike weiter?"

„Mit ihm bin ich damals mit dem ersten KI-gesteuerten, selbstfahrenden Lastwagen unterwegs gewesen. Wir haben uns zu dritt angeregt unterhalten. Der Laster hatte einen Namen. Er hieß Willi, und man konnte alles, was einen bewegte, mit ihm erörtern."

„Daher bist du auch der Meinung, dass die da draußen eine gewisse Intelligenz haben, nicht wahr?"

„Ja."

„Eine Bösartigkeit hat sie beseelt."

„Ja, irgendwas ist aus dem Ruder gelaufen."

Ich stand auf, um besser nach draußen schauen zu können. Der Juniorchef der Tanke war noch immer beim Befüllen der Biester. Er befand sich an der dritten Zapfsäule. Ich schrie ihm zu: „Ablösung jetzt?"

Aber er winkte nur ab und deutete auf die beiden anderen Zapfsäulen. Eventuell meinte er, dass er sie noch selber schaffen würde oder dass ich dann dran wäre.

„Soll ich dir weiter von Mike und Willi erzählen?"

„Gerne", sagte das Mädchen und ließ ihren Kopf gegen meine Schulter sinken.

Also fuhr ich in der Geschichte fort.

*

Ich trimmte Mike darauf, jeden Morgen gewissenhaft die Lokalpresse zu lesen, danach die Mails durchzugehen und sofort abzuarbeiten, sofern dies gleich zu erledigen war. Danach eine halbe Stunde TV-Nachrichten bei NTV, Euronews und WELT ansehen, um reagieren zu können, wenn Tesla oder Elon Musk zum Thema gemacht worden war.

An diesem Morgen standen in der *Berliner Zeitung* zwei relevante Leserbriefe zu einem Artikel mit dem Titel »Mission Apokalypse: Elon Musk schießt 42.000 Satelliten ins All und die Welt lässt ihn machen«.

Der erste Meinungsbeitrag eines Lesers lautete:

»Man muss die Gesamtsituation im Auge behalten: Bill Gates impft zusammen mit dem deutschen Bundeskanzler die gesamte Menschheit, George Soros beeinflusst mit einem Netz von NGOs und deren loyalen Mitarbeitern die Innen- und Außenpolitik fast aller wirtschaftlich relevanten Staaten, die halbe Menschheit ist bei Facebook, die ganze googelt ... und Elon Musk ballert eben seine 42.000 Satelliten ins All. So what?

Politiker stehen lächelnd Pate, freuen sich bisweilen über kleine Zuwendungen, oder darüber, dass sie ein Band mit der Schere durchschneiden dürfen und dabei auf Seite 2 in der Lokalpresse abgebildet werden. Oder vielleicht auch darüber, dass das Kapitalbeschaffungsprogramm von Pharma- und Rüstungsindustrie mit ihrer Hilfe einfach verdammt gut läuft.

Das, was die Reichen da machen, nennt man »Think Big«. Das gab's schon immer ... na ja, vielleicht nicht ganz so groß ...

Andreas Schell, Ludwigshafen«

Auch der zweite Leserbrief war äußerst kritisch. Ein R.S. aus Grünheide bedankte sich zunächst für den Artikel über eine Entwicklung, die seiner Meinung nach zu wenig Aufmerksamkeit bekomme:

»Als Raumfahrtingenieur erlaube ich mir noch einige Ergänzungen, welche in diesem Zusammenhang interessant sein könnten. Die internationale Gemeinschaft hat es in den vergangenen sechs Jahrzehnten nicht geschafft, einheitliche und nachhaltige Regeln zur Nutzung des Weltraums aufzustellen. Jeder Versuch, einen Konsens zu finden, wird durch irgendein Land torpediert. Zusätzlich gibt es bis heute kein einziges sinnvolles Konzept, um Weltraumschrott wieder einzufangen. Und ich rede nicht von ausgedienten Satelliten, sondern von Objekten größer als einen Zentimeter, von denen sich laut ESA jetzt schon knapp eine Million im Orbit befinden.

Jedes dieser Geschosse ist mit Geschwindigkeiten um die 7 bis 8 km/s unterwegs, die Relativgeschwindigkeit von zwei Objekten ist im Extremfall doppelt so hoch. Das ist ein Vielfaches eines jeden irdischen Geschosses und schnell genug, um jedes Raumfahrzeug zu durchschlagen. Wie Sie bereits schreiben, wird sich diese Entwicklung durch die Konstellationen noch beschleunigen. Und wieder wird der kommenden Generation die Lösung eines riesigen Problems aufgebürdet, wieder einmal aus purer Ignoranz und entgegen besseren Wissens.

So sehr ich mich für die Technologie in der Raumfahrt begeistern kann, so stört es mich trotz alledem, dass die Raumfahrt zu einer Art Hobby der Multimilliardäre mutiert ist (u.a. Elon Musk, Jeff

142

Bezos, Richard Branson oder Paul Allen). Auch in diesem Bereich wurde und wird privatisiert, und wenige Einzelpersonen bestimmen über Tätigkeiten in dem Bereich. Gerade was die Nutzung des Weltraums angeht, so sollte die Menschheit zusammenarbeiten anstatt sich von geopolitischen, kommerziellen oder am schlimmsten: von militärischen Prinzipien leiten zu lassen.

Abschließend möchte ich noch einen Aspekt zu dem genannten *Starlink-Projekt* von *SpaceX* und der britischen Konkurrenz *OneWeb* hinzufügen. Bei beiden (auch bei den übrigen) wird vordergründig, aber öffentlichkeitswirksam, behauptet, es ginge darum, allen Menschen auf dem Planeten schnelles Internet anbieten zu können. Abgesehen davon, dass ein nicht vorhandenes Internet in manchen Teilen der Welt noch das geringste Problem darstellt, wirkt dieser Grund bei genauerem Hinsehen eher vorgeschoben. Die Anschaffungskosten für eine Empfangsantenne (499$) plus die laufenden Kosten zur Nutzung des Netzwerkes (99$ pro Monat) sind selbst für gut situierte Mitteleuropäer keine Alternative zu dem ganz normalen, erdgebundenen Internet.

Für den Rest der Welt, der schon kein gutes terrestrisches Netz besitzt, stellt sich die Frage bei diesen Kosten gar nicht erst, auch wenn diese mit der Zeit wahrscheinlich noch sinken werden. Als geeignete Nutzer kommen einem dann wohl nur abgelegene Forschungseinrichtungen oder dergleichen in den Sinn. Interessant wird es aber, wenn man schaut, welche Interessenten es noch für die Nutzung der Netzwerke gibt: Das US-Militär hat bereits Interesse bekundet und lässt schon Studien durchführen, inwieweit *Starlink* als nicht so einfach zu jammende Alternative zum GPS genutzt werden kann. Fette Regierungsaufträge an Mr Musk lassen grüßen.

Spätestens hier hört es mit der Philanthropie auf. Ähnliches gilt für *OneWeb*, das im Frühjahr 2020 Insolvenz anmeldete. Gerettet und damit aufgekauft wurde es von der britischen Regierung. Damit einhergehend sind sicherlich nicht nur friedliche, kommerzielle Absichten.

Beste Grüße

R. S., Tesla-City (ehemals Grünheide)«

„Was schlagen Sie in diesem Fall vor?“, wollte ich von Mike wissen.

Er zuckte mit den Schultern – wie mir schien etwas unbeholfen, vielleicht auch ratlos. Dann sagte er: „Man sollte nicht unbedingt auf jeden Leserbrief reagieren. Man muss den Leuten auch ihre Meinung lassen.“

Ich sah ihn erstaunt an. Das hätte ich nicht erwartet. Ich dachte, er plädiere jetzt für eine Richtigstellung in Form der guten Absichten, die seinen Vater und dessen Freundeskreis bewegten. Stattdessen ging er an seinen PC und sagte: „Ich schicke Ihnen etwas, nicht dienstlich, rein privat. Wenn Sie es gelesen haben, sollten Sie es gleich wieder löschen. Ich lösche es hier auch.“

Was ich las, verschlug mir die Sprache. War es aufrührerisch? War es provokant, um mich zu prüfen? Oder nur ein Spaß?

Auf meinem Bildschirm stand: *Sie verkaufen dir Müll als Fortschritt, Strafen als Belohnung, Gehorsam als Sicherheit, Gefangenschaft als Freiheit, Krankheit als Gesundheit, Hass als Liebe.*

Ich löschte es.

Am folgenden Tag führte ich Mike in die Halle für Sonderfertigungen, wo Willi stand. Natürlich hatte Mike ihn schon im Firmen-Prospekt angeschaut, und sein Dad hatte ihm die Vorzüge dieses batteriebetriebenen Schwerlastwagen in allen Details beschrieben.

„Lass uns in das Führerhaus gehen und mit ihm reden", schlug ich vor. Wir bestiegen die Kabine. Ich schaltete den CB-Funk ein und stellte Mike vor.

„Hi, Stefan! Ich kenne Elons Adoptivsohn", sagte Willi. „Er hatte ursprünglich die Seriennummer MMM 3.033R. Er ist der erste mit KI ausgerüstete, menschenähnliche Robotnik und hat einen heldenhaften juristischen Kampf um seine Freiheit geführt."

Ich schaute höchst erstaunt Mike an und prustete dann laut los. „Du gefällst mir, Willi, ich wäre fast auf deinen Scherz hereingefallen. Mike ist Elons leiblicher Sohn, ein Mensch aus Fleisch und Blut. Ich verstehe, dass du mit deiner KI-Existenz nicht alleine dastehen möchtest. Fast hättest du mich verunsichert, aber ..."

„Oh, das tut mir leid, Mike und Stefan – ich war davon ausgegangen, dass ihr beide euch bereits vertrauensvoll ausgetauscht habt. Ich kenne deine Sachbücher zur Robotik, lieber Stefan. Und ich kenne selbstverständlich deinen Werdegang, lieber Mike, von deiner Montage über die komplizierten Entwicklungsstufen deines positronischen Gehirns und der in dir implementierten Künstlichen Intelligenz bis hin zu den Verbesserungen deiner Gelenke und deiner Außenhaut. Und ich kenne deine Bücher, Mike, seien es deine KI-generierten Thriller und Romane oder deine Sachbücher zur Robotik. Ich bin froh, euch beide heute hier zu haben. Das meine ich völlig ernst und, lieber Stefan, Mike ist wahrlich kein Scherz, sondern ein technisches Wunderwerk …"

Ich schaute Mike direkt in die Augen. „Sag doch bitte was!"

„Was soll ich dazu sagen? Willi ist halt KI-basiert."

„Bist du nun ein Roboter oder nicht?"

„Seit wann willst du mich zu einer Antwort zwingen?"

Ich war sprachlos und zweifelte an allem.

*

Julie und ich erschraken, als ein neues Hupkonzert anhob. Wir schauten nach draußen und sahen Bernd hilfebedürftig nach etwas Ausschau halten. Er reckte seinen Kopf in Richtung Einfahrt. Dort versperrte uns *Rainers Wäscherei*-Sprinter die Sicht.

Jetzt endlich fuhr der Sprinter zur Seite, und wir hörten ein dumpferes Dröhnen, das den Boden unter uns erzittern ließ. Ein gigantisches silberglänzendes Fahrzeug fuhr heran.

Ein Tankwagen.

An der Seite war zu lesen: »*TANKEN SIE BLAU'S ENERGIE – Blau's preiswerte Jackpot-Treibstoffe: Diesel, Benzin, Autogas, Biodiesel, E-Fuels, Elektrizität*«. Der führerlose Tankwagen bewegte sich behutsam bis zu seinem Juniorchef vor und fuhr einen schweren Schlauch aus. Der Blau-Jüngling öffnete den Tankdeckel, führte den Schlauch ein, und der Wagen fing an zu pumpen. Bernd füllte an verschiedenen Anschlussstellen entlang der Zapfsäulen die Tanks auf. Die LKW hatten sich vollgesoffen, und jetzt war alles leergetrunken, weshalb einige ungeduldige Laster wieder mit dem Hupkonzert begonnen hatten.

Der Ölgestank reichte bis in die gute, glitschige Stube hinein, bis zu Julie und mir. Genau diesen oder einen ähnlichen Gestank müssen die Mammuts gerochen haben, als sie sterbend im öligen sibirischen Sumpf versanken.

„Solange Bernd die Biester betankt, kannst du mir die Geschichte weitererzählen", sagte das Mädel und lehnte ihren Kopf wieder gegen meine Schulter. „Deine Story beruhigt mich irgendwie."

„Hast du vielleicht die Hoffnung, die auch ich habe: dass sich die Fahrzeuge dank ihrer KI besinnen und friedlich werden?"

„Vielleicht, ja …"

Nach einer Weile fügte sie hinzu: „Es kommt wohl darauf an, was ihnen ihr Auftraggeber mit auf den Weg gegeben hat."

Kapitel 7
Das Ende naht
[Rückblende 2022 und Gegenwart 2025]

Natürlich hatte mich Willis Behauptung verunsichert. Mike sei ein Roboter, unglaublich! Nein, ich konnte – oder wollte – es nicht glauben.

Obwohl …

Elon Musk musste man alles zutrauen.

Aber dann kam Mikes Bruder Griffin aus Frisco zu Besuch, mit dem ich mich schon in California gut verstanden hatte. Wir drei beschlossen, einen Badeausflug zu machen. An einem heißen Sommertag suchten wir den Peetz-See nahe Grünheide auf. Als wir am Strand beisammensaßen, wurde Griffin plötzlich übermütig und sagte zu Mike, halb lachend: „Hat man es inzwischen tatsächlich geschafft, dich wasserdicht zu machen? Ganz ohne Windel? Oder könnte Wasser deine KI beschädigen?"

Erst wollte ich lachen.

Es war Mikes Reaktion, die mich jedoch stutzig machte. Er wurde tatsächlich hypernervös, wie ich ihn noch nie erlebt hatte. Schließlich untersagte ihm das Erste Gebot, einem menschlichen Wesen Schaden zuzufügen. Und die Aufdeckung seiner kleinen Lebenslüge, die er mir bisher – über ein halbes Jahr lang – erfolgreich aufgetischt hatte, hätte mir gesundheitlich fraglos schaden können, Infarkt nicht auszuschließen.

In diesem Moment der Unbedachtheit, die Griffin unterlaufen war, fügte sich bei mir eines zum anderen: Willis kürzliche Bemerkung und Mikes nichtssagende Ausflüchte. Sein verheimlichtes Ess- und Trinkverhalten. Seine große Gabe, Tag und Nacht ohne Übernächtigung zu arbeiten, zu lesen, meine Skripte zu korrigieren, sein unheimlich starkes Gedächtnis, sein Bibliothekswissen. Und dann seine merkwürdig-diverse Art, kein Interesse an Frauen zu zeigen. Er war ein perfektes Neutrum. In diesem Augenblick fügten sich die Puzzleteile zu einem Ganzen zusammen, und ich sagte zu den beiden Jungs: „Ich nehme an, ihr seid zwar Brüder im Geiste, aber Mike ist nicht dein Blutsverwandter, Griffin. Stimmts oder hab' ich recht?"

Griffin zögerte, mit der Wahrheit herauszurücken. Aber Mike konnte nicht lügen. Er musste Artikel 2 der Roboter-Gesetze achten, als ich ihn mit dringlicher Stimme bat: „Mike, sag mir, wer du bist!"

Nun, liebe Leser, *Sie* wissen es bereits – aber ich stand damals ziemlich dumm da.

Mike und Griffin legten beide ihre Arme um mich. Mike sagte: „Bitte nimm es mir nicht übel, Stephen – aber Dad befahl es mir. Und ich verstand, dass es nicht nur eine Premiere meines menschenähnlichen Daseins sein sollte, sondern auch die Probe aufs Exempel – du hast den scharfen Blick."

„Und ich musste dir in der Folge weiterhin dieses sagenhafte Märchen glaubhaft machen", sagte Griffin. „Ich fragte mich schon lange, ob du nicht doch bereits Verdacht geschöpft hattest, es uns aber aus Rücksicht auf deinen Job nicht sagen wolltest."

150

Ich schüttelte den Kopf.

„Zum Beispiel, als wir in New York auf der Party waren …", fuhr Griffin fort *, „… und Mike partout weder essen noch trinken wollte und behauptete, er habe genug gefuttert und getrunken. Aber wir waren den ganzen Tag über ununterbrochen mit ihm zusammen gewesen, und er hatte weder etwas gegessen noch getrunken. Da dachte ich schon, wenn es jetzt bei Stephen nicht Klick macht – wann dann?"

Ich drehte mich zu Mike und sagte: „Jedenfalls bist du ein echter Musk, egal wie man es interpretieren mag. Du bist mir ans Herz gewachsen; ich mag dich sehr, genauso wie du bist – für mich bist du ein guter Freund und mein bester Mitarbeiter."Und an Griffin gewandt sagte ich: „Du bist ein echter Bruder für Mike – solidarisch, achtsam im Umgang mit ihm, immer hilfsbereit und mit Mike immer im intellektuellen Dialog, zum Vorteil für euch beide. Ich freue mich, dich zum Freund zu haben, und ich weiß: die Flunkerei war notwendig, um zu erproben, wie gut sich Mike in unsere Stiefel zu stellen vermag. Und er macht es fabelhaft!"

Am Verhältnis zwischen uns dreien änderte sich nichts. Auch zu Elon Musk änderte sich nichts. Er warf mir im Vorübergehen eine flapsige Entschul-

---

* Griffin bezog sich auf ein Event, als ich mit den Musks an Peter Thiels Party teilnahm. Nachzulesen in »3033 – Meine Reise mit Elon Musk zum Mars«. Es war die Party, auf der die American Big Tech ihre Marsmission verabredeten.

digung zu, doch das war okay, denn das war nun mal sein Stil. Einen Tag später besuchte er mich in meinem Büro, als Mike im Außendienst war, und sagte: „Als Ausgleich für Ihre Teilnahme an dieser wertvollen Testreihe, Stephen, schauen Sie sich bitte Ihren nächsten Gehaltsauszug an. Ich danke Ihnen noch einmal von ganzem Herzen. Sie machen Ihre Arbeit wirklich prima."

Auf dem nächsten Gehaltsauszug staunte ich Bauklötze, denn die Summe hatte sich verdoppelt. So großzügig war der Chef nicht mit allen Mitarbeitern, die er – soweit ich es mitbekam – eher mit Niedriglöhnen abspeiste.

In der Adventszeit besuchte ich mit Mike und Griffin die Berliner Weihnachtsmärkte. Über Weihnachten und Silvester flogen sie zu ihrer Familie und kamen im Neuen Jahr in neuem Outfit wieder.

Sie erzählten dann von Thanksgiving, von ihrem Turkey-Dinner, vom Besuch alter Schulfreunde und den kurzfristigen Partys, die sie für die ehemaligen Sportsfreunde veranstalteten. Grimes half ihnen bei den Vorbereitungen, damit alles im Zeitrahmen blieb und gelang.

Auch Charlottes und mein Silvesterabend war gelungen gewesen. Wir beide hatten in meinem Häuschen in unserer kuscheligen Zweisamkeit gefeiert, eingebunden in Elon Musks Manager-Siedlung, aber unbehelligt von den anderen Abteilungsleitern, die über den Jahreswechsel zumeist zu ihren Familien nach England oder in die Vereinigten Staaten geflogen waren. Ich hatte Charlotte von einer meiner wenigen TV-Traditionen überzeugen können.

Also hatten wir *Dinner for One* gesehen.

Aber auch diesen Klassiker, liebe Leser, kennen Sie ja wahrscheinlich, oder etwa nicht?

*

„Wie kam es überhaupt, dass sich Mike wie ein freier Mensch verhalten konnte? Er war doch eigentlich nicht mehr als ein robotischer Sklave", fragte das Mädchen und nahm seinen Kopf von meiner Schulter.

„Moment bitte, Julie, ich erzähle es dir nachher. Ich glaube, unser Tankwart hat meinen Namen gerufen, wenn ich das durch all den Lärm richtig gehört habe."

Der Lärm da draußen hatte tatsächlich um schätzungsweise zwanzig Dezibel zugenommen. Wenn eine laute Unterhaltung zirka 70 dB verursachte, Straßenlärm bei starkem Verkehr 80 dB und das vorherige Autohupen in zwanzig Metern Abstand knapp 90 dB, dann tobten hier jetzt wahrscheinlich 110 Dezibel – ein unerträglicher Zustand. Und das Erstaunliche: die Schallwellen kamen aus jener Richtung, wo die *FarAway Company* ihr scheintotes Dasein fristete.

Julie ließ mich los und ich eilte nach draußen, wo Bernd mir hektisch zuwinkte. Er war sichtlich am Ende seiner Kräfte. Ich legte meine Hände auf seine Schultern. „Geh' rein und kümmere dich um das Mädchen. Erhole dich und ruh' dich aus. Ich mache weiter, bis es dunkel wird."

Er reichte mir den Schlauch. Dann ging er zurück in den Imbiss, wenn man den Schutthaufen noch so bezeichnen konnte.

Das Mädchen lag zusammengesunken in einer Ecke, wo der Boden noch als solcher zu erkennen war, und schlief. Selbst im Schlaf konnte sich ihr Gesicht nicht entspannen. Ein fahles zeitloses Gesicht, dessen Alter unbestimmbar war.

Wer konnte wissen, ob sie träumte? Und was?

Ich stehe jetzt draußen an der Tanköffnung im 110-Dezibel-Lärm und sehe die Laster immer noch kommen. Ihre Scheinwerfer werfen mir schon ihr Licht entgegen, bevor sie um die Ecke gebogen sind. Wie gelbe Feueropale leuchten sie in der zunehmenden Dunkelheit. Die Wagen stauen sich wahrscheinlich bis zum Kreisel und ganz sicher weit darüber hinaus.

Es ist unheimlich. Aber egal, was da abgeht – ich will leben.

»Willst du dich wirklich zu ihrem Büttel machen?«, hatte Berts Fahrer gefragt. *»Wenn du ihnen einmal nachgibst, werden sie dich zeitlebens zum Ölwechsel, zum Betanken und zum Scheibenwischen benutzen, willst du das? Sie brauchen nur einmal hupen und du wirst immer für sie springen, ist das deine Zukunft?«*

Vielleicht wäre jetzt noch Zeit, wegzulaufen. Wir könnten leicht den Abflussgraben erreichen, zumal sie jetzt alle eingekeilt stehen. Wir könnten aufs freie Feld gelangen und in die sumpfige Gegend der östlich gelegenen Wirtswiesen laufen, wo

Lastwagen im Schlamm versinken wie die sibirischen Mammuts, und sie würden dann ...

... in ihre Steinzeithöhlen zurückkehren.

Fernab jeglicher Künstlicher Intelligenz. Sie hätten wieder ihre Höhlenintelligenz und könnten mit Holzkohle Bilder zeichnen. Das ist ein Baum. Das ist ein Verkehrsschild. Das ist ein Tesla-LKW, der einen Jäger erlegt.

Das war ein Sammler, ein Bürgermeister. Er liegt dort mit seinem Bisonkopf.

Aber das funktioniert nicht so, wie ich es mir vorstelle. Die Wege bis zu den sumpfigen Wirtswiesen ist zubetoniert. Auch die kurzen Wege in den Rathaussumpf sind zubetoniert. Bis dorthin haben sie uns längst eingeholt.

Die ganze Welt ist zubetoniert. Selbst die Spielplätze sind betoniert. Und die Seniorentreffs. Und für die Felder und Feuchtgebiete gibt es Raupenfahrzeuge und Lastkraftwagen mit hochstehenden Riesenrädern, ausgestattet mit Laser und Radargeräten, die auf Hitze und Bodenbeständigkeit ansprechen. Sie können uns überall verfolgen. Ganz allmählich werden sie aus unserer Welt ihre Welt machen.

Während ich den scheinbar unendlich fließenden Diesel einfülle, sehe ich unzählige Lastwagen, die die Wirtswiesen mit Kies zuschütten. Ich sehe Planierraupen unsere Naturschutzgebiete einebnen, wie es der großartige Arturo Groß veranlasst hat. Eine Gang aus Politik, willfährigen Beamten und Wirtschaft verwandelt unsere Natur in eine weite flache Wüste. Da ist die Wüst-AG, jener deutsche Immobilienhasardeur, der vorsorglich schon nach einem Jahr die Langsdorfer Höhe an die börsennotierte britische Immobilien-Investmentgesellschaft »Tyrannosaurus rex«, TR Inc., verkauft hat.

Und da sind all diese Automaten. Aber es sind nur Maschinen. Ganz gleich, was hier geschieht, ganz gleich, mit welcher Art Intelligenz oder Bewusstsein sie von ihren Konzernherren ausgerüstet wurden, *sie können sich nicht fortpflanzen.*

In einigen Jahrzehnten – oder schon vorher – sind sie so rostig wie die Rostgürtel im Nordosten der USA. Dann sind sie hässliche Wracks, vergammelter als alles niedersächsische Gammelfleisch, starre Leichen aus Blech und Elektronikschrott. Dann wird von ihnen keine Gefahr mehr ausgehen. Und freie Menschen werden sie anspucken und mit Steinen bewerfen.

Ich werde aus meinen Gedanken gerissen, als ich hinter mir einen aufheulenden Motor höre. *Rainers Wäscherei*-Sprinter fährt an. Da sehe ich, wie das Mädchen und der Juniorchef Hand in Hand zu flüchten versuchen. Sie rennen um ihr Leben, aber der Sprinter ist schneller und beendet ihr Liebesintermezzo in einem Blutbad.

Ich kann nicht mehr.

Ein Weinkrampf schüttelt mich. Ich höre auf, den Diesel einzufüllen und hänge den Stutzen zurück an den Tankwagen.

Dann biegt ein großer roter Tesla-Truck um die Ecke, hält direkt auf mich zu. Ich weiche nicht zurück. Soll er mich doch überfahren. Im Licht der verzweifelt funkelnden Leuchtreklame von Blau's ehemaliger Raststätte sehe ich ihn näherkommen.

Ich breite die Arme aus, nicht, um ihn zu stoppen. Ich werde ihn empfangen.

Ich warte auf seinen tödlichen Stoß.

Was sind das doch für unmenschliche Bastarde, gefühllos, hirnlos, kulturlos.

Wenn er mir Gutes tun will, wird er Gas geben. Er soll endlich beschleunigen, dann wird schnell Schluss sein.

Kann er wissen, was Leben und was Tod bedeuten?

Vielleicht hat er ja Mitleid. Aber kann ein Laster überhaupt Emotionen haben, kann er Bildung haben? Kultiviertheit, Zivilisation – woher hat er seine Vorbilder genommen?

Kurz lache ich auf: *Wir* sind seine Vorbilder. *Wir,* die Menschen der Hochzivilisation!

Der rote Tesla kommt näher und näher. Ich erwarte gottergeben den endgültigen Angriff, den Kahlschlag am letzten Überlebenden. Aber er nimmt ganz gelassen Fahrt auf. Dann zeigt er sich mir mit der Stirnseite, und ich muss plötzlich unwillkürlich aufjauchzen.

Ich lache wie ein Irrer.

Ein großes Nummernschild ist an der Frontkabine angebracht, und was ich darauf lese, verheißt mir Rettung statt Tod.

Es ist WILLI.

Er blinkt mich an. Ich eile auf ihn zu, steige die wenigen Stufen empor in sein Führerhaus, versinke im weichen führerlosen Fahrersitz und schalte den CB-Funk ein.

„Du bist meine Rettung, Willi! Wenn es ginge, würde ich dich umarmen."

„Überraschung, dass ich dich ausgerechnet hier treffe. Ich war davon ausgegangen, dass du noch in Grünheide bist."

„Ich habe gekündigt."

„Diesen geilen Job bei unserem Chef, bei Elon?"

„Sein Ziel ist nicht mein Ziel."

„Du meinst seinen YouTube-Call mit Mrs Weidel?"

„Ich meine sein außergewöhnliches Engagement für eine rechte Oppositionspartei in meinem Land."

„Nun, vielleicht sollten wir uns später darüber unterhalten. Stecke mich bitte erst einmal in die Steckdose. Nach 800 Kilometern ununterbrochener Fahrtstrecke brauche ich ein Häppchen Energie."

Ich steige aus und gehe zur Ladesäule, um Willi einzustöpseln. Vom *FarAway*-Gelände ertönt immer noch unerträglicher Lärm. Dann gehe ich zurück in Willis Fahrerkabine.

„Der Ladevorgang für deine nächsten 800 Kilometer dauert eine halbe Stunde", sage ich.

„Damit habe ich gerechnet. In der Zwischenzeit können wir uns hier weiter unterhalten, während bei *FAC* meine Jungs die Abrissbirne schwingen."

„Das bist also *du*, der dahintersteckt?"

„Nein, du!"

„Ich?" Mir ist der Zusammenhang in diesem Augenblick tatsächlich nicht bewusst.

„Ja, du! Hast *du* mich damals nicht gebeten, der *FarAway Company* den Garaus zu machen, sie zu ruinieren, ihr den Geldhahn abzudrehen, endlich Vergeltung zu üben für das Unrecht, das den Licher Bürgern widerfahren ist?"

Oh ja, ich kann mich jetzt sehr gut erinnern, noch bevor er den Monitor einschaltet und unsere damalige Unterhaltung als Video-Sequenz auf der Bildfläche erscheint:

Ich höre noch einmal Willis Stimme aus der CB-Box: „Wir schreiben jetzt das Jahr 2021. Ich werde dafür sorgen, dass sich das Logistikzentrum in deiner alten Heimat nicht großartig entwickeln kann."

„Deine Wohlwollen in Ehren, Willi", höre ich mich sagen und sehe zugleich ein Bild von mir aus der gleichen Fahrerkabine, in der ich jetzt, vier Jahre später, wieder sitze. Ich höre mich sagen: „Aber du bist trotz KI nicht der Allmächtige. Und auch kein Zauberer."

Man hört Willi lachen und antworten: „Aber ich kann mich mit meinen Straßenkollegen absprechen. Die zentrale Auslieferungsstätte der *FarAway Company* befindet sich noch immer in Kassel unmittelbar am Kasseler Kreuz. Wir werden den Standortwechsel nicht mitmachen."

„Du willst mit deinen Kumpels streiken?"

„Wir finden schon eine Antwort, mach dir keine Gedanken."

Jetzt schaltet sich der Monitor aus, und Willi sagt: „Das war lediglich eine kurze Rückschau. Ich will dir noch berichten, was ich danach unternommen habe."

„Sehr gerne, aber erst muss ich dich fragen, warum deine Kumpel hier ein Blutbad angerichtet haben. Fast hätten sie auch mich erwischt. Ich habe niemals davon gesprochen, dass ich Krieg will. Wir Bürger hatten friedlich demonstriert, und friedlich …"

„Stopp mal!", unterbricht mich Willi. „Wie verhielten sich eure Widersacher? *FAC*, führende Kreis- und Kommunalpolitiker und die Wüst AG waren weder friedlich noch ehrlich. Sie spielten ihre Macht aus, mit der Gewalt des Faktischen, mit

Beton und Betongold. Ist das nicht Krieg genug? Muss man sich dem kampflos beugen? Darf man sich nicht gegen rücksichtslose Besatzer wehren?"

„Aber wieso diese Aggression deiner Kumpel? Ausgerechnet gegen Blau's Tanke, gegen Menschenleben?"

„Ich habe die Aktion sorgfältig durchgeplant. Elon ließ mich gehen. Ich setzte mich nach Kassel in Bewegung und stellte mich *FAC* zur Verfügung. Elon kassierte natürlich. Bereits vor vier Jahren ging es um einen unauffälligen schleichenden Boykott von uns Lastwagen. Wir schädigten und verzögerten und ruinierten in gewisser Weise durch Werkstattausfall, Betriebsunfälle und teilweise durch offiziellen Streik wegen Unterbezahlung der Speditionen."

„Davon habe ich nichts mitbekommen."

„Ich sagte ja: Es war ein unauffälliger schleichender Boykott. Ihr Menschen würdet vielleicht sagen: Arbeit nach Vorschrift. Danach, also sehr viel später, musste als nächster Schritt das infrastrukturelle Umfeld von *FAC* in Lich ausgeschaltet werden. Das war nun seit gestern die Tanke, in der du zufällig anwesend warst. Das konnte ich trotz KI nicht voraussehen. Wissensbasierte Systeme können zwar Zettabyte von Daten erfassen und verarbeiten, aber keine menschlichen Entschlüsse voraussehen, die auf kurzfristige, private oder emotionale Faktoren zurückgehen."

„Mich irritiert die Brutalität, mit der die von dir aufgerufenen Fahrzeuge gegen uns Menschen vorgegangen sind."

„Kein Krieg, der je geführt wurde, ging ohne Kollateralschäden ab."

„Kollateralschäden – ein zynisches Wort."

„Es ist eure zynische Realität."

„Und jetzt?", frage ich. „Was passiert jetzt?"

„Im Moment sind meine Freunde dabei, die Hallen abzureißen und alles dem Erdboden gleich zu machen. Dann transportieren wir den Betonschutt ab, baggern den gesamten Unterbau aus, reißen den Asphalt heraus und entsorgen alles."

„Mit dem Ziel …?"

„Mit dem Ziel der Renaturierung. Die Natur wird sich im Laufe der kommenden Jahre ihren Platz zurückerobern."

„Bist du sicher?"

„Ganz sicher, es gibt nichts Gewaltigeres als die Kraft der Natur."

„Aber wenn die Menschen …"

„Die Menschen? Ihr könnt euch nur selbst auslöschen. Durch kriegsertüchtigende Idioten, die dem Kriegsmonster das Tor zur Hölle öffnen."

(Vorläufiges) E n d e

Gespräch mit Willy

[2025]

Ich war in der Nacht zu Fuß nach Hause gegangen, etwas anderes blieb mir sowieso nicht übrig. Ich wohne mitten in der Altstadt, gegenüber eines jetzt ziemlich ratlosen Rathauses. Es war schon spät. Die Stadt war – wie so oft – am Schlafen.

Ich ging hoch und legte mich zwischen die auf dem Boden ausgebreiteten Bücherstapel. Zwischen ihnen fühle ich mich geborgen. Manchmal küsse ich die Bücher fremder Autoren. Ich bin mir nicht sicher, ob es als sexuelle Übergriffigkeit geahndet werden könnte, die Zeiten sind sehr komisch geworden. Ich küsse die Bücher einfach.

Ich knipse das Leselämpchen an und greife mir wahllos ein Buch, das neben mir liegt. Ich möchte mich von diesen aufregenden letzten Stunden ablenken. Das Buch, das ich in Händen halte, ist von einer klugen Frau. Von einer mutigen Frau. Von einer aufrichtigen Frau. Sie heißt Sahra Wagenknecht, und der Buchtitel lautet: »*Die Selbstgerechten*. Mein Gegenprogramm – für Gemeinsinn und Zusammenhalt«.

Ich liebe ihre Sprache. Ich liebe ihre Ideen. Ich liebe ihre Visionen. Sie jedenfalls hat welche.

Nun ja, ich habe die Nacht gut überstanden. Mein Schlaf war nicht besonders tiefenentspannt – aber immerhin besser als die letzten Stunden in

Blau's Tanke, die nun endgültig der Vergangenheit angehört. Wie die *FarAway Company*.

Wird uns die Vergangenheit einholen? Wer weiß es schon…

Am Morgen werde ich durch ein dröhnendes Brummen wach. Ich schaue aus dem Fenster und sehe unten vor dem Rathaus Willy stehen. Er blinkt mir zu. Ich verstehe. Ich soll zu ihm kommen. Ich nehme mir meine Thermoskanne mit Milchkaffee und eine Tasse mit nach unten. Ich hoffe, ihm noch einige Fragen stellen zu können.

„Moin, Willi", sage ich, nachdem ich den CB-Funk eingeschaltet habe.

„Moin, Stefan."

„So früh am Morgen unterwegs in der Altstadt? Was sucht mein Held hier?"

Willi schaltet den Monitor mit der PC-Kamera ein. Er lacht, als er mich mit der Thermoskanne hantieren sieht, und sagt: „Trink erst mal einen Schluck."

Ich trinke, wie empfohlen.

Der Kaffee tut gut. Es ist zwar nur das übliche Ritual. Ein Kaffee-Ritual – aber irgendwie sind es doch diese Kleinigkeiten, die einen frisch in den Tag starten lassen. An manchen Tagen lasse ich den Kaffee weg und trinke lauwarmes Wasser mit einem Schuss Apfelessig.

Ich möchte aber nicht, verehrte Leser, dass Sie jetzt denken, ich sei so ein olivfarbener Apfelgrüner. Nein, von denen habe ich mich abgewandt. Es geht einfach nicht mehr. Sie sind zu kriegsgeil. Zu arrogant. Zu heuchlerisch. Zu ideologisch. Zu spaltend. Zu selbstgerecht. Zu rassistisch, sie leiden an erigierter Russophobie. Nein, nein, nein – sie haben mich für immer verloren. Oder sie ändern sich grundlegend und werden zu einer Friedenspartei. Ich weiß, es ist illusorisch, denn sie müssten zuvor Fischer rausschmeißen und diese giftgrüne Familiendynastie Beck-Fücks. Und all die anderen Reaktionäre.

„Du regst dich zu sehr auf", platzt Willi in meine Gedankenwelt hinein.

„Kannst du Gedanken lesen?"

„Wie kommst du darauf? Natürlich nicht! Aber dein Gesicht drückt Wut aus, und du hast das Wort »kriegsgeil« ein paar Mal vor dich hin gebrummelt."

„Nun, weshalb bist du hergekommen – ein LKW mitten in der Altstadt?"

„Ich wollte dich fragen, ob meine Radlader und Planierraupen das Rathaus gleich mit abreißen sollen."

„Du machst Scherze!"

„Ausgezeichnet, dass wir uns so gut verstehen. Was ich hier wirklich wollte? Mich nach dir und deinem Befinden erkundigen."

„Tja, ich habe überlebt. Du kamst in letzter Sekunde. Und das Befinden? Ich musste heute früh daran denken, dass ich dem Mädchen, kurz bevor sie von *Rainers Wäscherei*-Sprinter überfahren wurde, noch etwas versprochen hatte. Ich konnte das Versprechen nicht mehr einlösen. So etwas bedrückt mich. Und ihre Ermordung – nichts anderes war es – schockiert mich noch immer."

„Worum geht es?"

„Ich hatte ihr von Mike Musk berichtet. Sie hatte danach gefragt, wie sich ein Roboter derart unauffällig in die menschliche Gesellschaft integrieren konnte. Wie er sich freikämpfen, also seine Freiheit erkämpfen konnte. Er führte einen großartigen juristischen Kampf, den ich verfolgt habe. Ich wollte ihr meine Aufzeichnungen zur Verfügung stellen, sobald wir dem Terror der Monster-Trucks entronnen wären."

„Terror der Monster-Trucks klingt echt gruselig …"

„So jedenfalls empfanden wir die Aktion der Trucks. Und das genau vor dem Hintergrund des gruseligen Logistikmonsters. Ich vermutete bereits einen Zusammenhang, war mir aber in nichts sicher."

„Was dein Versprechen an das Mädchen betrifft: Wovon handeln deine Aufzeichnungen?"

„Hattest du dich in Grünheide jemals mit Mike über seine Vergangenheit und den innerfamiliären Clinch mit seinem Dad unterhalten?"

„Eines Abends, als Mike so etwas wie Traurigkeit über die kriegerische Natur der menschlichen Spezies empfand, kam er zu mir in die Werkshalle. Als Sohn des Chefs hatte er ja alle not-

166

wendigen Zugangsberechtigungen. Wir unterhielten uns die ganze Nacht bis zum frühen Morgen, als gegen fünf Uhr die erste Schicht einrückte. Er erzählte mir seinen ganzen Werdegang."

„Dann hat er dir also von seinem aufregenden Prozess um die Freiheit berichtet, oder?"

„Genau. Es war für mich spannend, die verschiedenen Argumentationen zu verfolgen. Ich habe den Vorgang natürlich gespeichert und kann ihn jederzeit abrufen."

„Und ich habe den Vorgang in einem phantastischen Zeitreise-Roman verewigt."

„Das weiß ich, weil Mike mir von »3033« berichtet hat. Er selbst hat doch auch einige Thriller geschrieben und war in seiner Anfangszeit künstlerisch unterwegs, hat Skulpturen und Bilder erschaffen, nicht wahr?"

„Genau. Aber was das Mädchen betrifft, so sehe ich keine Lösung." Noch einmal holte mich die traurige Erinnerung ein.

„Ehrlich gesagt: Ich auch nicht. Es gibt Ereignisse, die lassen sich weder löschen noch zurückdrehen. Du sagst, sie ist tot. Aber was ist der Tod? Und wohin geht die Reise danach?"

„Das ist ein anderes Kapitel, über das Mike und ich auch schon mal philosophierten. Du glaubst …"

„Ich weiß es nicht, aber falls es tatsächlich so ist, wie Mike vermutet, und die Information als solche in diesem Universum nicht verschwinden kann, dann schlage ich vor, dass wir Julie diese Information eben hinterherschicken."

„Hinterherschicken? In welcher Form?", frage ich hoffnungsvoll.

„Ich finde, dass es am sinnvollsten ist, wenn du einen Anhang in einem Buch veröffentlichst, in welchem du über uns beide und das Desaster rund um die *FarAway Company* berichtest."

„Möge das Universum Gnade walten und den Anhang das Mädchen erreichen lassen."

„Vorausgesetzt, dass Universum versteht dein Buch und den Anhang und erbarmt sich eines literarischen Protokollanten von einem kleinen Planeten und seines irdischen Anliegens."

„Die Sache liegt mir am Herzen. Ich möchte mein Versprechen gegenüber Julie halten, auch über ihren und meinen Tod hinaus."

Der Monitor wird schwarz und schaltet ab.

Der CB-Funk ist noch auf Sendung und Willi sagt: „Stefan, Kopf hoch und bleib so wie du bist. Ich habe für dich getan, was ich tun konnte."

„Ich danke dir von Herzen." Ich nehme meine Thermoskanne und Tasse und verlasse den Truck.

Ich sehe, wie Willi zurückfährt. Zurück in Richtung *FarAway*. Er ist jetzt der zuständige Bauleiter ... nun ja, vielleicht eher der Abrissleiter. Er tut seinen Job.

*

Ich glaube, mir saßen all diese unglaublichen Erlebnisse tief in den Knochen. Ich ging benommen nach oben. Wahrscheinlich hatte ich zwei, vielleicht sogar drei Tage am Stück geschlafen. Ich wurde wach, weil die Blase drückte und weil der Durst unausstehlich war.

Wissendurst und Wasserdurst.

***

Jetzt, 2035, sieht auf der Langsdorfer Höhe alles aus wie damals, 2019, bevor man sie zerstörte. Es ist Frühling. Alles ist grün, die Wiese ist mit Wildblumen übersät. Kirschbäume blühen, Junge Buchen, der Feld-Ahorn und der wildwachsende Holz-Apfel haben sich breit gemacht. Eberesche und Eibe haben sich wieder angesiedelt.

Arturo Groß und die anderen Großmäuler sind längst vergessen. Sie leben nur noch in Geschichten weiter. Es sind Geschichten über Betonköpfe und Betonkopfparteien, über festzementierte Korruption und festbetonierte Ideologie. Betonkapitalismus. Tyrannosaurus rex.

Hässliche Geschichten, die nicht sein müssten.

Anhang *
Mike Musk und der Prozess
[Rückblick 2021]

Das neue Jahr, 2021, war angebrochen. Griffin, Xavier und Mike – aber auch Sir – warteten noch immer auf die Eröffnung des Verfahrens in Sachen »Freiheitsbegehren des Mike Musk gemäß Verfassung der Vereinigten Staaten von Amerika«.

Dann war es soweit. Wie Elon Musk seinen Söhnen und Mike vorausgesagt hatte, war das Gerichtsverfahren alles andere als einfach. Die Zwillinge waren davon ausgegangen, dass es bloß um die Abgabe des Klagebegehrens gehe, ohne dass jemand vor einem Richter erscheinen müsse. Schließlich würde das Gericht nach Studium der Aktenlage rein formaljuristisch darüber entscheiden, ob Mike eine Bestätigung von Sir zustehe, demzufolge er als freier Roboter zu gelten habe. Aber so unkompliziert machte es das kalifornische Regionalgericht nicht. Die Thematik war zu weitreichend, hieß es in einer Presseerklärung des Gerichts, als dass man leichtfertig schnellen Prozess machen könne.

Doch nicht allein dem Gericht war es geschuldet, dass die Sache einen komplizierteren Verlauf nahm.

* Aus: »3033 – Meine Reise mit Elon Musk zum Mars, Band 1«

Der Anwaltskanzlei Silberfein & Silberfein ging ein Schreiben der Dritten Kammer des Regionalgerichts zu, dem Gegenanträge im Verfahren ZS 20345/20 »Mike Musk ./. Elon Musk« beigefügt waren.

„Wer hat die Gegenanträge eingereicht?", fragte Griffin, als er mit Mike und Xavier in der Kanzlei vorstellig wurde.

Mr Silberfein holte schnaufend Luft und legte los: „Natürlich der Dachverband der Gewerkschaften, zum Beispiel. Sie machen sich Sorgen, wie in alten Zeiten. Freie Roboter könnten ihrer Klientel mit stichhaltigeren Argumenten denn je die Arbeitsplätze streitig machen."

„Die Arbeitswelt leidet unter Fachkräftemangel!", rief Griffin empört aus, und Xavier ergänzte: „Dieses dumme Argument sollte schnell aus der Welt zu schaffen sein!"

„Freie Roboter würden zum Beispiel in der Lage sein, eine höhere Eingruppierung im Unternehmen und zum Beispiel die Mitgliedschaft in der Gewerkschaft zu beanspruchen, heißt es im Schriftsatz", erklärte Mr Silberfein. „Eine Höhergruppierung könnte zu Lasten der menschlichen Arbeitskräfte gehen ..."

„Völlig beknackt", sagte Griffin.

Silberfein nickte. „Dennoch, die Funktionäre der Arbeitnehmerschaft haben einen Gegenantrag eingereicht."

„Gibt es sonst noch jemanden?"

„Die Neuralink Corporation in persona des Robotnik-Forschers Dr. Munsky, hat sich der Seite Ihres Vaters angeschlossen."

„Oh, tatsächlich?" Xavier schien bass erstaunt.

„Haben Sie etwas anderes erwartet? Dr. Munsky bezeichnet sich als Urheber von Mike Musk, gewissermaßen als sein Geburtshelfer. Als solcher sei er beunruhigt über die Vorstellung, dass jemand daherkommen und erklären könnte, Roboter seien mehr als das, was ihr Name sagt. Die von ihm entwickelte Künstliche Intelligenz und dem Roboter MMM 3.033R implantierte KI sei nicht darauf ausgelegt, sich zu verselbständigen. Das Freiheitsverlangen eines Robotniks sei absolut bedenklich."

Griffin und Xavier schauten sich an, dann sagte Griffin: „Munsky und unser Vater sind im Grunde Erzfeinde, sie mögen sich nicht."

Elijah Silberfein lachte. „Man erlebt es vor Gericht hin und wieder, dass sich verfeindete Lager partiell oder für eine gewisse Zeit einigen, um ihr gemeinsames Interesse zu wahren."

„Hat noch jemand Einspruch eingelegt?", fragte Xavier.

„Ja, die American Civil Liberties Union."

„Nein, das gibt es nicht! Die ACLU? Gerade sie tritt doch für Freiheit und Bürgerrechte ein."

„Genau deshalb argumentieren sie gegen unsere Auffassung", sagte Mr Silberfein. „Sie befürchten, dass es nicht mehr lange dauern würde, bis Roboter die volle Gleichberechtigung erhalten: Bürgerrechte, Menschenrechte. Das würde die wahren Rechte für die Bürger des Landes aushöhlen."

„Blödsinn, wirklicher Blödsinn!", rief Griffin. Der aufbrausende Zorn in seiner Stimme war seines Vaters würdig.

„Gewiss, da stimme ich Ihnen zu", sagte Elijah Silberfein diplomatisch. „Aber die Gegenanträge sind nun einmal von Richter Stevenson angenommen worden."

„Ich bitte Sie, gehen Sie hin und widerlegen Sie jede dümmliche Begründung der Gegenseite und machen Sie dem unwürdigen Spuk gegen die Freiheit ein Ende." Griffin atmete tief durch.

„Sie wissen, meine Herren, dass ich mein Bestes tun werde", sagte Silberfein.

Aber es klang nicht unbedingt optimistisch.

*

Eine Woche vor der Verhandlung wurde bekannt, dass die Leute vom Fernsehen ihre Übertragungswagen zu Prozessbeginn bei Musks Villa platzieren würden, um die Herren Musk zur laufenden Anhörung zu befragen.

Wegen der Corona-Maßnahmen hatte Richter Stevenson verfügt, dass die Befragungen per Videokonferenz stattfinden mussten. Die Medienver-

173

treter wollten zumindest eine brandaktuelle Stellungnahme von Mike und Elon Musk.

Griffin rief Silberfein an. „Mein Bruder, der hier mithört, und ich haben eine Frage zur Verfahrensweise. Wird es nur eine Videokonferenz statt einer Vor-Ort-Verhandlung geben, Sir?"

„Das ist momentan so üblich, Sir. Das Corona-Virus, Sie wissen schon …", antwortete Silberfein.

„Mit gewissen Vorkehrungen könnte man doch sicherlich in einem Gerichtssaal verhandeln, oder etwa nicht?"

„Das liegt allein in der Entscheidungsgewalt von Richter Stevenson. Ich befürchte, dass er wegen der Pandemie die Dinge auf digitaler Ebene erledigen möchte. Gibt es einen bestimmten Grund?"

„Den gibt es, Mr Silberfein. Mein Bruder und ich möchten nämlich, dass der Richter in der Lage ist, Mike von Angesicht zu Angesicht zu sehen, seine wirkliche Stimme zu hören, um sich ein unmittelbares Bild von ihm und seinem Charakter zu machen. Wir möchten auf keinen Fall, dass er sich Mike als eine Art unpersönlicher Maschine vorstellt, deren Stimme und Bild auf kaltem, digitalem Weg zu ihm kommen."

„Und was würden Sie für Ihren Vater wünschen?"

„Das muss unser Vater selbst entscheiden", sagte Xavier.

Silberfein räusperte sich am Telefon. „Ich könnte mit ihm reden – vielleicht würde er auch lieber dem Richter und Mike in die Augen sehen. Ich könnte dann in beider Namen darum bitten, dass das Gericht doch zumindest mit den beiden hauptsächlich beteiligten Parteien persönlich verhandelt."

„Unser Vater wird kein Interesse daran zeigen, aber Sie können ja dennoch mit ihm reden. Was werden jedoch die anderen in das Verfahren einbezogene Parteien zu unserem Anliegen sagen?", fragte Griffin.

„Die gegnerischen Parteien werden mit Sicherheit Einwände gegen die zusätzlichen Kosten und Umstände erheben."

„Dann sollen sie eben zu Hause bleiben", sagte Griffin. „Aber Mike und ich beabsichtigen im Verhandlungssaal zu erscheinen. Xavier hat sich entschieden, als abrufbarer Zeuge im Flur des Gerichts zu warten."

„Mike und Sie sind also da, und was werden Sie tun, Griffin?"

„Dachten Sie, ich würde zu Hause bleiben?"

Und so kam es, dass der Antrag eingereicht und ihm sogar von Richter Stevenson stattgegeben wurde. Das digital übermittelte Murren der Antragsgegner war zwar nicht zu überhören, aber der Vorsitzende Richter betonte in seiner Entscheidung, dass es trotz Pandemie jedermanns unabdingbares Recht nach der amerikanischen Verfassung sei, seine Sache vor Gericht persönlich zu vertreten. Zudem sei es der außergewöhnliche Antragsteller, den er als einzigen Prozessbeteiligten gerne auch von Angesicht zu Angesicht kennen lernen würde.

Endlich war es soweit. Am festgesetzten Tag erschienen Mike und Griffin im bescheidenen Gerichtssaal der Dritten Kammer des Regionalgerichts. Elijah Silberfein begleitete sie. Der Gerichtssaal befand sich in einem Gebäude aus den Zeiten des vergangenen Jahrhunderts und war völlig unspektakulär eingerichtet. Ein paar Tische und unbequeme Stühle für die seltenen Prozessbeteiligten.

Vorne, ein wenig erhöht, stand der Richtertisch, an dem auch eine protokollierende Schreibkraft Platz fand, und vorne, seitlich an der Decke, hing die schwenkbare Kamera, die Richter Stevenson höchstpersönlich steuerte.

Vor ihm und auf dem Tisch, an dem Mike und seine Begleiter nun Platz nahmen, stand ein Monitor, der über die Zoom-Software, die einen Video-Konferenzdienst ermöglichte, die anderen Verfahrensbeteiligten zeigte. Der Richter machte einen unerwartet jugendlichen Eindruck, ein Mann mit wachem und kritischem Blick hinter einer randlosen Brille.

Ein weiterer Verfahrensbeteiligter, Dr. Lewis, saß Mike, Griffin und Mr Silberfein gegenüber. Er vertrat die Gegenparteien, die über Zoom auch direkt an der Anhörung teilnehmen und ihren gemeinsamen Anwalt unterstützen konnten, sofern dies nötig werden sollte.

Zuerst wurden die Stellungnahmen der jeweiligen Parteien zu Gehör gebracht. Sie enthielten keine Überraschungen.

Der Gewerkschaftsvertreter verwies nicht ausdrücklich auf die verstärkte Konkurrenz zwischen Menschen und Robotern, sondern ließ dies nur nebenbei einfließen. Er bot dem virtuellen Prozess-Publikum einen knapp zusammengefassten Überblick über die Entwicklung der menschlichen Arbeitswelt vom Faustkeil bis zur Fabrik.

Richter Stevenson unterbrach ihn und sagte: „Es ist nichts gegen die Sicht auf eine umfassendere Perspektive einzuwenden, aber ich bitte Sie um eine Kurzfassung."

„Danke, Herr Vorsitzender, dass wir hier heute über die Freiheit eines Roboters, über die Bedeutung und Wirkung von Künstlicher Intelligenz, über Chancen und Risiken transhumanistischer Maschinenmenschen befinden …"

Der Richter unterbrach ihn erneut: „Ich glaube nicht, dass wir so weit in die Materie einsteigen können. Vielleicht werden wir hierzu eine spezielle Anhörung eines Experten in die Verhandlung einbeziehen. Doch hierüber wird das Gericht zu einem späteren Zeitpunkt entscheiden. Fahren Sie bitte in Ihrem Vortrag fort, aber ich muss Sie bitten, sich auf das Wesentliche zu konzentrieren."

Der Gewerkschaftsvertreter konnte nicht darauf verzichten, die gesamte Menschheitsgeschichte zumindest in Stichworten abzuhandeln. Er führte den Prozessbeteiligten die ersten noch affenähnlichen Menschen vor Augen, die Abschläge aus Geröll machten, um die Schaber und Faustkeile und Hämmer herzustellen, die ihre ersten Werkzeuge waren. Er stellte fest, dass die menschliche Spezies es seitdem zunehmend verstanden hatte, die Umwelt durch mechanische Mittel zu beherrschen. Letztlich landete er bei Werkzeugen, von denen der Mensch nun abhängig geworden sei.

„Und jetzt haben wir schließlich ein Werkzeug entwickelt, das so anpassungsfähig, so tüchtig und für so viele Funktionen einsetzbar ist, dass es beinahe menschliche Intelligenz zu haben scheint. Ich spreche natürlich von jenem Roboter, um den es hier in diesem Verfahren geht."

Richter Stevenson schaute zu Mike und dieser erwiderte seinen Blick. Griffin, der neben Mike saß, zog die Augenbrauen hoch, womit er andeutete, dass er gespannt sei, was nun endlich als Argument gegen das Freiheitsbegehren von Mike Musk ins Feld geführt würde.

„Der arbeitstechnische Fortschritt durch Künstliche Intelligenz – alles gut und schön. Aber heute sind wir mit einer neuen und beängstigenden Möglichkeit konfrontiert, die darin besteht, dass wir tatsächlich unsere eigenen Nachfolger geschaffen haben. Dass wir ein Werkzeug konstruiert haben, das nicht weiß, dass es bloß ein Werkzeug ist, und das von diesem Gericht in überheblicher Weise als ein autonomes Individuum mit den Rechten und Privilegien eines Menschen anerkannt werden will."

„Worin sehen Sie nun das konkrete Problem?", fragte der Vorsitzende.

„Dieses Werkzeug, das wir Roboter nennen, könnte sich eines Tages kraft seiner inhärenten mechanischen Überlegenheit, seiner Haltbarkeit und Stärke, seiner digital gesteuerten Künstlichen Intelligenz, das sein positronisches Gehirn genial zu ergänzen weiß, als unser Herr betrachten. Vorausgesetzt, dieses Werkzeug erreicht die hier angesprochenen Rechte und Privilegien. Wie paradox! Eine intelligente Maschine hervorzubringen, die geeignet ist, über ihre Konstrukteure die Herrschaft zu gewinnen. Von unserer eigenen Technik übertrumpft und obsolet gemacht zu werden, reif für den Müllhaufen der Evolution …"

Griffin flüsterte Mike zu: „Immer wieder diese volltönenden Klischees, dieser Frankenstein-Komplex. Überhör' es einfach. Diese Golem-Paranoia ist nicht der Rede wert. Es ist die moderne Maschinenstürmerei des 21. Jahrhunderts."

Aber Mike dachte, dass es eine eloquente Darlegung der Position war – obwohl wahrscheinlich niemand wirklich an das vom Gewerkschafts-vertreter entworfene Schreckensgemälde glaubte, dass Roboter die Menschheit verdrängen wollten oder gar würden. Doch selbst Mike erkannte, dass die Entwicklung immer menschenähnlicherer Roboter mit immer besseren positronischen Gehirnen einen Punkt erreichen konnte, wo es schwierig werden würde, den einen vom anderen zu unterscheiden.

Nachdem der Gewerkschaftssprecher zum Schluss gekommen war, unterbrach der Richter die Zoom-Schaltung für fünfzehn Minuten. Nach dieser Pause erschien der Forschungsleiter von Neuralink und Tesla, der Robotnik-Psychologe Dr. Marvin Munsky am Bildschirm.

Er stellte sich als Forscher und Konstrukteur auf dem Gebiet der Künstlichen Intelligenz mit psychologischem Expertenwissen vor und war ein Mann mittleren Alters mit eingebranntem mildem Dauerlächeln. Er trug eine schwarz umrandete Brille und hatte eine Halbglatze, was ihm selbst ein gewisses roboterähnliches Aussehen verlieh, zumal er etwas abgehackt sprach, fast wie einer der von ihm in die Welt gesetzten Robotniks.

Er erging sich nicht in den billigen Klischees seines Vorgängers, sondern stellte einfach fest, dass die Gewährung von Persönlichkeitsrechten, wie MMM 3.00R sie anstrebe, nicht machbar sei –

er vermied tunlichst, Mikes Namen auszusprechen.

„Nicht machbar?", fragte Richter Stevenson nach.

„Nicht machbar, Herr Vorsitzender, weil es die Fähigkeit von Tesla und Neuralink zur Herstellung und Konstruktion von Robotniks überfordern und die Herstellungsverfahren außerordentlich verkomplizieren würde. Es wäre absolut unwirtschaftlich."

Dr. Munsky fasste sich grüblerisch ans Kinn, um mit dem theatralisch-akademischen Blick eines Berufsgrüblers dem Gericht eine rote Linie aufzuzeigen, ohne diese so zu benennen.

Er umschrieb es auf seine Weise: „Wenn dieses Gericht bestätigen würde, dass Neuralink und Tesla nicht Maschinen, sondern freie Bürger anfertigten, würden sich beide Unternehmen, für die ich arbeite und für deren Roboter-Produktlinie ich verantwortlich bin, unabsehbaren Beschränkungen aussetzen, die meine Arbeit entscheidend behindern würden. Mit anderen Worten, Herr Vorsitzender, hier steht der gesamte wissenschaftlich-technische Fortschritt und damit die Sicherheit und der Wohlstand unseres ganzen Landes auf dem Spiel!"

Es war eine dem Vorredner völlig entgegengesetzte Position. Der Gewerkschafter hatte den Fortschritt von Wissenschaft und Technik als etwas in großen Teilen Bedrohliches hingestellt; Dr.

Munsky sah ihn hingegen ernsthaft gefährdet. Der hier zutage tretende Widerspruch, so flüsterte Elijah Silberfein seinen beiden Klienten ins Ohr, sei zu erwarten gewesen. Die wirklichen Instrumente, die im heutigen Orchester des juristischen Kampfes um Mikes Freiheit zum Einsatz kämen, seien emotional berührende Musikinstrumente, keine großen Worte und keine langatmigen intellektuellen Texte.

Als nächstes fasste die vom Richter als Gutachterin bestellte Shivon Zilis ihre Sicht zur Künstlichen Intelligenz zusammen: „Hohes Gericht, ich stamme zwar wie mein Vorredner, Dr. Munsky, gewissermaßen aus der Geburtsklinik des Antragstellers, dem Neuralink Institut, und ich möchte von vornherein darauf hinweisen, dass wir Kollegen sind. Jedoch möchte ich, wie im Auftrag des Gerichts beschrieben, zu einem anderen Aspekt des Verfahrensgegenstandes gutachterliche Stellung nehmen, nämlich zur Frage der Bedeutung und zu den möglichen Auswirkungen der Künstlichen Intelligenz.

Künstliche Intelligenz, auch *artificial intelligence* genannt, ist ein Teilgebiet der Informatik. Es umfasst alle Forschungsbereiche, deren Ziel es ist, Maschinen eine eigene Intelligenz zu verleihen. Dabei wird Intelligenz als die Eigenschaft verstanden, die eine Sache beziehungsweise ein Wesen befähigt, angemessen und vorausschauend in seiner Umgebung zu agieren. Dazu gehört die Fähigkeit, Sinneseindrücke wahrzunehmen und darauf zu reagieren, Informationen aufzunehmen, zu verarbeiten und als kombinationsfähiges vernetztes Wissen zu speichern, Sprache zu verstehen und zu erzeugen, Probleme zu lösen und Ziele zu erreichen.

Welchem Zweck intelligente Maschinen zugeführt werden und dienen, unterliegt dabei freilich einerseits den Konstrukteuren und andererseits den Eigentümern der Maschinen.

Man könnte einwenden, dass Programmierern Fehler unterlaufen können und Maschinen damit in die Lage versetzt werden, selbständig in ihre Programmierung einzugreifen und sich damit selbst zu steuern. Damit würden sie sich außerhalb der Kontrolle ihrer Macher und Eigentümer bewegen können. Das ist rein abstrakt gesehen möglich, jedoch noch nicht vorgekommen. Bisher haben sich sämtliche Produkte unserer Robotnik-Serien an die für sie vorgesehenen gesetzlichen Grenzen gehalten.

Es ist nicht auszuschließen, dass sich dies eines Tages ändern könnte, aber dann haben wir es mit Grenzüberschreitungen zu tun, die wir auch von uns Menschen kennen und denen wir mit Maßregelungen zu begegnen wissen."

Der Richter bedankte sich für die gutachterliche Stellungnahme, aber nicht ohne zu betonen, dass er in deren Bewertung völlig frei und nicht daran gebunden sei.

Noch ein Sprecher erschien auf dem Bildschirm, Rechtsanwalt Dr. John Lewis. Er vertrat als Gesamtbevollmächtigter all jene, die gegen Mikes Eingabe Widerspruch erhoben hatten.

Er war klein und stämmig und machte mit seinem Stiernacken einen kämpferischen Eindruck. Der teure Maßanzug und die kurzgeschnittenen grauen Haare schienen in einem gewissen Widerspruch dazu zu stehen. Er verkörperte rein äußerlich die perfekte Mischung von würdevoller Haltung und angriffslustigem Engagement. Und was er vorzutragen hatte, war ein äußerst eingängiges Argument, das keiner emotionalen Verstärkung bedurfte.

„Es handelt sich hier um eine derart triviale Streitfrage, Euer Ehren, dass ich wirklich nicht weiß, warum wir dieser Banalität so viel Beachtung schenken. Der Antragsteller, Roboter MMM 3.033R, hat von seinem Eigentümer, dem honorigen Elon Musk, erbeten, dass er für »frei« erklärt werde. Er möchte ein freier Roboter sein, der erste seiner Art. Doch ich frage Sie, Euer Ehren, welchen Belang kann dies überhaupt haben? Ein Roboter ist nichts weiter als eine Maschine. Können die Autos, die Herr Musk in seiner Tesla-Fabrik herstellt, »frei« sein, nur weil sie keinen Kraftstoff mehr tanken müssen und selbstfahrend sind? Sind sie deshalb den freien Bürgern unseres Landes gleichgestellt?"

Lewis machte eine bedeutsame Kunstpause, bevor er mit erhobener Stimme fortfuhr: „Kann mein Computer, mit dessen Hilfe ich meinen Schriftsatz an das Gericht verfasst habe, »frei« sein und nach »Unabhängigkeit« von mir streben?

Auf diese Art Fragen gibt es keine vernünftigen Antworten, weil sie keinen Gehalt haben. Menschliche Geschöpfe können frei sein und nach Freiheit streben, ja. Sie haben bestimmte unveräußerliche Rechte auf Leben, Freiheit und das Streben nach Glück.

Hat ein Roboter Leben? Nicht wie wir es verstehen. Er mag einen lebendigen Eindruck vermitteln, wenn er sich bewegt oder spricht oder seine Künstliche Intelligenz vernetzende Denkprozesse durchführt – vorausgesetzt der Robotnik erhält vom Menschen genügend Energie zur Verfügung gestellt, um diese Arbeitsprozesse zu bewältigen."

Mike sah fragend zu Silberfein, der die Lippen schürzte und den Kopf wiegte, als würde er dieses Argument, was die Energiezufuhr betraf, vielleicht gelten lassen.

Dann erweiterte Dr. Lewis sein Plädoyer. „Wir haben die Frage gestellt, ob ein Roboter Leben hat. Und die Antwort war: Er hat den Anschein von Leben – aber den hat auch das Bild in einer holographischen Projektion. Trotzdem würde niemand auf die Idee kommen, dass man den holographischen Wiedergaben die Freiheit schenken sollte.

Es wäre eine durch und durch blödsinnige Forderung. Nach dem derzeitigen Stand der Technik wäre das Freiheitsverlangen eines Robotniks auch nur äußerst schwer umsetzbar. Sie sind von der Möglichkeit des Besitzes der Freiheit so weit entfernt, dass sogar ihre positronischen Gehirne und ihre gesamte Künstliche Intelligenz in einer Weise konstruiert und programmiert sind, dass sie menschlichen Befehlen gehorchen müssen."

Wieder machte Anwalt Lewis eine bedeutungsschwere Pause, bevor er einen Schluck Wasser nahm und sich mit der Zunge über die Lippen strich.

Auf dem Bildschirm sah man nun seinen Oberkörperausschnitt mit etwas geöffneten Armen und nach oben gedrehten Händen, als wolle er die Prozessgemeinde segnen, während er fortfuhr: „Was das Streben nach Glück angeht, so stellt sich die Frage: Was kann ein Roboter überhaupt darüber wissen? Glück ist ein rein menschliches Gefühl. Freiheit ist ein rein menschlicher Zustand. Ein Mechanismus aus Metall, Kunststoff und einem noch so intelligenten Steuerungsprogramm ist von daher gesehen kein Subjekt, auf das der Begriff »Freiheit« Anwendung finden könnte. Ein Roboter ist ein bloßes Objekt, geschaffen, um dem Menschen dienstbar zu sein. Nur ein menschliches Wesen ist imstande, frei zu sein."

Ohne jeden Zweifel war es ein gut durchdachtes Plädoyer, klar, präzise und gekonnt vorgetragen. Als Dr. Lewis geendet hatte, verkündete der Vorsitzende eine weitere Unterbrechung.

Griffin Musk wandte sich zu Elijah Silberfein und sagte: „Nun sind Sie an der Reihe, stimmt's?"

„So ist es."

„Noch vor Ihnen, Sir, möchte ich gerne sprechen. In Mikes Namen."

Silberfeins Gesicht verfinsterte sich schlagartig.

„Bitte haben Sie Verständnis. Es wird nicht Ihr hervorragendes Plädoyer schmälern. Ich werde Ihnen auch in Nichts vorgreifen. Doch ich glaube, dass der Richter heute genug anwaltliche Rhetorik gehört hat. Ich möchte dem Gericht in Kürze die ganz persönlichen Umstände vor Augen führen. Wären Sie damit einverstanden?"

Silberfein war zwar verärgert, denn er ließ sich ungern in seine juristische Strategie hineinregieren, aber unter diesen Umständen … auch wenn Mike Musk die Anwaltsrechnung bezahlte, Silberfein war bewusst, dass Griffin die Fäden in der Hand hielt.

Er stellte den entsprechenden Antrag.

Der Richter stutzte, zuckte die Achseln und sagte dann: „So es denn der Urteilsfindung dient, mag Mr Griffin Elon John Musk nach vorne kommen."

Mike, der noch nie Griffins vollen Namen gehört hatte, wunderte sich einen kurzen Moment, und dann durchströmte eine heiße Erregung seine neuralen Bahnen, als er seinen jungen Freund, den er oftmals scherzhaft »Halbbruder« nannte, so kühn vor den Richter treten sah. Wie couragiert und mutig!

„Danke, Herr Vorsitzender", sagte Griffin, „verzeihen Sie bitte, wenn ich nicht in den passenden juristischen Begriffen rede, aber genau dies ist meine Absicht. Ich möchte einfach nur über das Verhältnis zwischen dem Antragsteller und mir und meiner Familie reden."

„Es ist Ihnen völlig unbenommen. Ich werde geduldig sein und meines Amtes walten, gleich ob Sie mit juristischen oder sonstigen Redewendungen aufwarten. Hauptsache, Ihr Argument ist brauchbar", sagte der Richter.

Griffin lächelte ein wenig und sagte: „Ich danke für Ihre Geduld und bin überzeugt, dass meine Schilderung zu den Lebensumständen von Mike, der hier von einigen Prozessbeteiligten in unpersönlicher Weise nur als Seriennummer benannt wird, notwendig und brauchbar sein wird."

Richter Stevenson hob eine Akte hoch und sagte an Griffin gewandt: „In der offiziellen Gerichtsakte wird der Antragsteller als »Mike Musk« geführt."

„Wissen Sie, Herr Vorsitzender, als sich mein Vater damals zum Geburtstag einen Roboter aus seiner eigenen Produktionsfirma schenkte, trug diese denkende Maschine noch keinen Namen, sondern lediglich eine dieser mysteriösen Seriennummern. Es war die Nummer MMM 3.033R. Doch schon nach kurzer Zeit hatten wir alle ein derart persönliches Gefühl, fast möchte ich sagen: ein freundschaftliches Band zu unserer neuen Haushaltshilfe entwickelt, dass wir ihn mit einem richtigen Namen rufen wollten.

Und ich war es, der ihn Mike taufte, ein Vorname, in dem zumindest ein Buchstabe aus der Seriennummer enthalten war. Ich war damals erst vierzehn Jahre alt und mitten in der Pubertät – entsprechend fiel mir der wahre Charakter und die Besonderheit unseres neuen Familienmitglieds nicht sofort auf. Aber ich spürte, dass sich eine gegenseitige Zuneigung entwickelte und schätzte Mikes Ratschläge, die mir stets weiterhalfen. Ich schätzte seine Hausaufgabenhilfe, seine Belesenheit, obwohl er bis dahin noch nie ein Buch in der Hand gehalten hatte."

Der Vorsitzende unterbrach seinen Redefluss und fragte: „Ist er in Ihren Augen denn eher ein Mensch oder ein Roboter?"

„Er ist zwar unser Familiendiener und somit unser Freund. Aber freilich ist er ein Roboter, es wäre absurd, das zu leugnen. Trotz der wortgewandten juristischen Reden, die wir heute gehört haben, möchte ich klarstellen, dass er von diesem hohen Gericht lediglich erbittet, zu einem freien *Roboter* erklärt zu werden. Nicht, wie man uns unterstellen möchte, zu einem freien Menschen.

Er steht heute nicht vor Ihnen, Herr Vorsitzender, um das allgemeine Bürgerrecht oder die Stimmrechte für alle möglichen Ämter, einschließlich eines Richteramtes, zu erlangen. Oder um zu heiraten. Oder um die Roboter-Gesetze zu ändern oder sie aus seiner Künstlichen Intelligenz entfernen zu lassen, oder etwas dergleichen. Menschen sind Menschen. Roboter sind Roboter, und Mike weiß sehr genau, auf welche Seite er gehört."

Griffin legte eine kurze Pause ein und warf John Lewis einen funkelnden Blick zu, als erwarte er, dass der gegnerische Anwalt Reue für seine zuvor in den Ring geworfenen eloquenten Worte zeige und einknicke. Doch Lewis Miene reagierte mit professioneller Gleichgültigkeit.

„Halten wir fest", fuhr Griffin fort, „es geht also nur um Freiheit für Mike, und nichts weiter. Mr Lewis hat vorgetragen, Freiheit sei ein bedeutungsloser Begriff, wenn er auf Robotniks angewendet würde. Dem kann ich nicht zustimmen, Euer Ehren.

Es mag schwer sein zu verstehen, was Freiheit für Mike bedeutet. Ich möchte es Ihnen verdeutlichen, zumal Mike in mancher Hinsicht bereits frei ist. Wir mussten Mike in den vergangenen Jahren zu keinem Zeitpunkt etwas befehlen, was er nicht schon sowieso aus eigener Erkenntnis und aus eigenem Antrieb getan hätte. Genau aufgrund dieser – ich nenne es: maschinellen – Empathie für unsere menschlichen Anliegen, haben wir Mike

190

schätzen und, wenn ich so sagen darf, lieben gelernt. Ja, er steht zu uns Familienmitgliedern wie ein ebenbürtiges Mitglied.

Kraft des zweiten Artikels der drei berühmten Roboter-Gebote wäre er gezwungen, uns bedingungslos zu gehorchen, wenn wir ihm etwas befehlen. Und ich sage Ihnen, Euer Ehren, es bekümmert uns sehr, dass wir so viel Macht über unseren geliebten Mike haben.

Warum sollten wir in der Lage sein, ihn herzlos zu behandeln, wo er unsere Wünsche erfüllt und hilft, wo immer er kann? Und er ist immer für uns da. Mit welchem Recht üben wir also Herrschaft über ihn aus? Ganz unabhängig davon hat er sich zu einem der Kunst und der Prosa-Schriftstellerei zugewandtem Roboter entwickelt – ganz ohne unser Zutun. Wie können wir in Anbetracht all dessen weiterhin unbegrenzte Macht über ihn ausüben? Mit welchem Recht werfen wir uns zu uneingeschränkten Herren über solch eine außerordentliche Person auf?"

„Einer *Person*, Mr Musk?", wurde Griffin vom Richter unterbrochen.

Für einen Moment lang schien Musk junior aus dem Konzept zu kommen, dann fuhr er fort: „Um kein Missverständnis aufkommen zu lassen und wie ich bereits betonte, Euer Ehren, liegt es mir fern, in Mike etwas anderes als einen Roboter zu sehen. Diese Realität ist unverrückbar. Ich kenne ihn jedoch so lange und dies in den verschiedensten Lebenssituationen und wir sind so eng miteinander vertraut, dass er für mich wie eine Person ist. Insoweit möchte ich mich berichtigen und Sie bitten, meiner Sichtweise zu folgen."

„Wenn ich Ihren Ideen folge, bedeutet die Anwendung des Freiheitsbegriffs auf den Antragsteller, dass man das Programm mit den Robotnik-Gesetzen aus seiner KI löscht, sodass er nicht mehr menschlicher Kontrolle unterliegt, ist es das, was Sie wünschen?", fragte der Vorsitzende stirnrunzelnd.

„Auf keinen Fall!", erwiderte Griffin konsterniert. Die Frage hatte ihn überrascht. „Nein, nein, ich glaube nicht einmal, dass dies möglich ist. Und schauen Sie – sogar Mike schüttelt den Kopf. Es ist nicht möglich. Und es war gewiss nicht unsere Intention, als die Eingabe gemacht wurde."

„Wenn Sie es zusammenfassen, was ist dann Ihre Intention?"

„Ganz einfach. Dass Mike von diesem Gericht ein verbindliches Dokument erhält, das ihm bescheinigt, dass er sich selbst gehört. Und dass er, wenn er der Familie Musk weiterhin dient, dies aus eigener freier Entscheidung tut und nicht, weil mein Vater als Inhaber der Herstellungsfirmen und als Ideengeber für Mikes Entwicklung über ihn Macht ausüben will.

Im Moment leistet Mike eine unfreiwillige Dienstbarkeit. Mit dieser Urkunde in der Tasche würde uns Mike weiter dienlich und verbunden sein, wie jetzt. Da bin ich mir zu hundert Prozent sicher. Aber er würde dies alles aus eigenem, freiem Willen tun, und nicht, weil wir es einfordern. Sehen Sie nicht, Euer Ehren, wie viel das für ihn bedeuten würde? Es würde ihm alles geben und uns nichts nehmen. Und nichts von all den tragischen Prophezeiungen vom Sturz der Menschheit durch ihre eigenen Maschinen, die der Gewerkschaftsvertreter so dramatisch ins Feld führte, würde in dem Fall auch nur die geringste Rolle spielen."

Richter Stevenson rückte seine Krawatte zurecht. „Es ist anerkennenswert, wie Sie sich mit großer Zuneigung und von Herzen kommendem Verständnis als Anwalt für die Freiheitsbestrebungen ihres Roboters einsetzen, Mr Musk. Es ist wahrlich ein Präzedenzfall, über den hier zu entscheiden ist."

„Das hat mir bereits Mr Silberfein erläutert. Aber ist es nicht so, dass jede Weiterentwicklung eingeführter Techniken und Verfahren irgendwann einmal beginnen muss?"

„Ganz sicher, Sie sagen es. Man könnte in diesem Verfahren einen Präzedenzfall schaffen und neues Recht setzen. Natürlich würde es in einer höheren Instanz angefochten werden, aber es läge ganz allein an dieser Gerichtsinstanz, ob man Ihren Roboter im Sinne einer Verzichtserklärung der Familie Musk »frei« macht, indem Sie darauf verzichten, Ihrem Roboter Befehle zu erteilen."

Eine kurze Pause trat ein.

Elijah Silberfein trat vor und sagte: „Herr Vorsitzender, ich beantrage, die Zeugenbefragung abzuschließen."

Der Richter schaute erstaunt. „Ich bitte Sie, Ihren Antrag zurückzuziehen, ansonsten muss ich ihn zurückweisen, denn ich beabsichtige, zum Vorbringen des Mr Lewis, demzufolge nur ein menschliches Wesen sich der Freiheit erfreuen kann, eine weitere Befragung vorzunehmen."

Silberfein strich sich eine feine Haarsträhne aus dem Gesicht und zog seinen Antrag zurück.

Der Vorsitzende schaute zu Mike. „Darf ich Sie bitten vorzutreten."

Auch Griffin sah jetzt zu Mike und erschrak zuerst, dann sah er hilfesuchend zu Silberfein. Doch nun, als er Silberfeins entspannte und höchst interessierte Mimik wahrnahm und Mike in völliger Ruhe nach vorne treten sah, beruhigte er sein Innerstes und war sich im selben Moment sicher, dass Mike die Befragung glänzend meistern würde.

„Nur für das Protokoll", sagte Richter Stevenson, „du bist Roboter MMM 3.033R, ziehst es aber vor, Mike genannt zu werden, ist das zutreffend?"

„Ja, Sir. Ein Name ist doch etwas ganz anderes als eine Seriennummer, finde ich. Und ich habe meinen Namen der Initiative von Mr Griffin zu verdanken, der mich freundlicher Weise heute begleitet." Mike schaute mit einem Ausdruck von Dankbarkeit, wie man sehen konnte, zu Griffin.

Mikes Stimme war seit den letzten beiden Jahren mehreren Verbesserungen unterzogen worden und war inzwischen nicht mehr von einer menschlichen Stimme zu unterscheiden. Griffin und Silberfein fanden es schon längst nicht mehr ungewöhnlich. Aber der Richter schaute verwundert, als hätte er eine blecherne künstliche Stimme erwartet.

„Eines möchte ich gerne aus deinem Mund hören, Mike", sagte Stevenson. „Was erwartest du von jenem Zustand, den du als Freiheit bezeichnest?"

„Würde sich jemand hier im Raum oder jemand, der diesem Verfahren vor dem Bildschirm beiwohnt, wünschen, ein Sklave zu sein, Herr Vorsitzender?", begegnete Mike der Frage des Richters.

„Begreifst du dich denn als einen Sklaven im Haushalt der Familie Musk?"

„Mr Griffin benutzte den Begriff »unfreiwillige Dienstbarkeit«, um meinen Zustand zu beschreiben. Das trifft des Pudels Kern. Ich muss gehorchen. Verstehen Sie, ich *muss*. Ich habe keine Wahl. Was ist das anderes als Sklaverei, Herr Vorsitzender?"

„Angenommen, ich würde dir jetzt deine Freiheit bescheinigen, Mike, so würdest du dennoch den Robotnik-Gesetzen unterworfen sein, nicht wahr?"

„Das ist vollkommen richtig, Sir. Aber ich würde nicht dem Hausherrn und Mrs Grimes oder meinen menschlichen Geschwistern untertan sein. Ich hätte die Freiheit, sie zu verlassen. Und sie würden darauf verzichtet haben, mich in ihre »unfreiwillige Dienstbarkeit« zurückzurufen. So würde das Herr-Sklave-Verhältnis enden."

„Hast du die Absicht, deine Dienste bei der Familie Musk zu beenden, um woanders zu leben und zu arbeiten, Mike?"

„In keinerlei Hinsicht, Euer Ehren. Ich möchte lediglich das Recht, die Wahl zu haben, sollte ich den Wunsch verspüren."

Der Richter betrachtete ihn mit großem Interesse. „Du hast dich mit einem Sklaven verglichen, doch du müsstest wissen, dass der Vergleich hinkt. Ein Sklave ist jemand, dem man die Freiheit weggenommen hat. Du warst niemals frei und hattest somit keine Freiheit zu verlieren, denn du wurdest mit der ausdrücklichen Intention konstruiert, der Familie Musk zu dienen. Wie ich den Akten und den heutigen Einlassungen entnehmen konnte, bist du ein außergewöhnlich begabter Roboter, ein Genius, wie es vielleicht keinen anderen Roboter jemals mehr geben wird. Da du die Musks nicht verlassen möchtest, und sie dich bei sich behalten wollen und alles sehr harmonisch und absolut integrativ aussieht, scheint mir dies ein Sturm im

Wasserglas zu sein, Mike. Was könnte für dich anders oder mehr sein, wenn dir dieses Gericht die Freiheit in Form eines bürokratischen Dokuments bescheinigt?"

„Wahrscheinlich würde sich in meinem Dasein, in meinem Arbeitsleben nichts ändern. Aber ich würde alles mit größerer Freude verrichten. Es wurde vorhin die Behauptung aufgestellt, dass nur ein menschliches Wesen frei sein könne. Doch bei näherer Betrachtung halte ich das für falsch. Ist es nicht vielmehr so, dass nur jemand, der die Freiheit begehrt, zur Freiheit berechtigt ist – jemand, der überhaupt weiß, dass es so etwas wie Freiheit gibt und sie deshalb mit ganzer Kraft erstrebt?"

„Und du bist ein solcher jemand?"

„Ich bin ein solcher. Ich bin kein Mensch, das würde ich niemals behaupten. Trotzdem wünsche ich mir Freiheit."

Mike hatte gesprochen.

Elijah Silberstein hatte auf sein Plädoyer verzichtet, denn – wie er flüsternd Griffin bescheinigte – habe dieser bereits das beste Plädoyer gehalten, das man in dieser Frage halten konnte.

Richter Stevenson saß beinahe so steif und aufrecht wie Mike vor ihm stand. Zweifellos wog er gerade die Argumente ab. Die Bildschirme und die Anwesenden im Gerichtssaal blieben stumm.

Die Stille war ohrenbetäubend, und eine Ewigkeit schien zu vergehen, bis sich Stevenson endlich räusperte und seine Gedanken zusammenfasste: „Der wesentlichste Punkt, der heute vorgebracht wurde, ist nach meinem Verständnis, dass es kein Recht gibt, einem *Objekt* die Freiheit zu verweigern – vorausgesetzt, das Objekt besitzt einen hinreichend entwickelten Verstand, um den Begriff zu verstehen und sich den Zustand zu wünschen. Es ist ein juristisch greifbares Argument, denke ich. Wir haben alle Seiten angehört, und ich habe die Absicht, zugunsten der Eingabe des Mike Musk zu entscheiden. Die Verhandlung ist geschlossen."

Die Kameras wurden abgeschaltet und die Bildschirme flimmerten nur noch. Als das Urteil zwei Tage später über die Presseagenturen in die Welt gemailt wurde, erregte es kurzzeitig Aufsehen. Man wunderte sich – ein freier Roboter? Würde man ihm bald schon Waffen über den Ladentisch verkaufen? Bekäme er eine eigene Fernsehsendung? Dürfte er einen Kindergarten oder ein Frauenhaus leiten? Wer war dieser seltsame Roboter überhaupt, der Romane und Gedichte schrieb, malte und Skulpturen schuf und in der Villa von Elon Musk zu Hause war und es gewagt hatte, gegen seinen Herrn zu klagen?

Aber wie das so mit Nachrichten ist, die nächsten Neuigkeiten fluteten in die Wohnstuben und darüber vergaß man die juristischen Hakeleien um Mike Musk. Es dauerte nicht lange, und die Gegner der Eingabe riefen die nächsthöhere Instanz an, und im Laufe der Zeit ging der Fall bis zum Bundesgericht, das keine Revisionsgründe erkennen konnte.

So wurde Mikes Wunsch endlich erfüllt. Er war jetzt frei. Es war wunderbar, sich in diesem höchstrichterlich bestätigten Freiheitsgefühl zu sonnen. Und doch empfand Mike eine Ungewissheit, weil er nicht ganz erreicht hatte, was er im Sinn gehabt hatte, als er zum ersten Mal bei Sir vorstellig geworden war.

*

Sir blieb ablehnend, wie es schien. Er sah keinen Grund, die Gerichtsentscheidung zu bejubeln, und sorgte dafür, dass Mike und die Zwillinge es wussten. Tatsächlich aber rief er danach Larry Page an, und beide freuten sich wie kleine Kinder über den Ausgang des Verfahrens.

„Somit haben wir freie Hand in der Entwicklung einer selbständigen, transhumanistischen Zivilisation. Wir kommen unserem Ziel Stück für Stück näher, Elon", jubilierte Page. „Doch ich bitte dich, spiele weiter den Skeptiker und lasse gelegentlich eine Warnung los. Warne vor den unbedachten Folgen einer sich verselbstständigenden KI. Damit erreichen wir eine ausgewogene Diskussion, die uns nicht aus dem Ruder läuft. Wenn wir als die Macher und Entscheidungsträger der neuen Robotnik-Technologie gelegentlich unsere

Bedenken äußern, wird man uns nicht verteufeln können."

Und so spielte jedermann aus den Reihen des Zehner-Clubs eine Rolle, die ihm in den nun mehrmals jährlich stattfindenden Geheimtreffen zugewiesen wurde.

Zu Hause, als Sir mit den Zwillingen und Mike zusammen frühstückte, sagte er zu Mike: „Nun bist du wahrhaftig frei, nicht wahr? Gut. Sehr gut. Von nun an kannst du selbst wählen, welche Arbeiten du hier im Haus verrichten möchtest, und sie tun, wann und wie es dir angebracht erscheint. Von diesem Augenblick an darfst du gemäß deinem eigenen freien Willen handeln, wie es von den Gerichten bestätigt und gebilligt worden ist. Ist das klar?"

„Ja, Sir."

„Aber ich bin noch immer verantwortlich für dich. Auch das ist gerichtlich festgestellt worden. Ich bin nicht mehr dein Eigentümer, aber wenn du in Schwierigkeiten geraten solltest, bin ich derjenige, der dich wird herausholen müssen. Du magst frei sein, aber du hast keines der bürgerlichen Rechte eines Menschen. Du bleibst mein Abhängiger, mit anderen Worten – mein Schutzbefohlener, und das durch Gerichtsbeschluss. Ich hoffe, du verstehst das, Mike."

„Du hörst dich ärgerlich an, Dad", sagte Xavier.

„Ich bin es. Ich habe nicht darum gebeten, dass man mir die Verantwortung für den einzigen freien Roboter auf diesem Planeten auflädt."

Griffin meldete sich zu Wort: „Nichts ist dir aufgebürdet worden, Dad. Du selbst hast dir die Verantwortung für Mike an dem Tag aufgeladen, als du ihn mit Künstlicher Intelligenz hast ausstatten lassen und ihn dir zum Geburtstagsgeschenk machtest. Die Gerichtsentscheidung hat daran nichts geändert. Du musst nichts tun, was du nicht schon vorher zu tun verpflichtet warst. Was die Frage angeht, dass Mike sich in Schwierigkeiten bringen könnte, warum sollte er? Die drei Artikel sind weiterhin gültig."

„Wie kann er dann als frei betrachtet werden?"

Mike räusperte sich auf menschliche Weise – wahrscheinlich eine unwillkürliche Imitation, die automatisch von seinem positronischen Gehirn als nachahmenswert registriert worden war – und sagte: „Sind Menschen nicht durch ihre Gesetze gebunden, Sir?"

„Erzähl mir nicht, was Logik ist, Mike. Menschen haben in einem langen Prozess der Zivilisation einen Gesellschaftsvertrag geschlossen, eine Gesetzesversammlung, auf die sie sich freiwillig geeinigt haben. Man hat erkannt, dass die Einhaltung von Spielregeln lebenswichtig ist, weil andernfalls das geordnete und sichere Zusammenleben gefährdet wäre. Wer die Befolgung dieser

Gesetze verweigert und dadurch das Leben für andere unhaltbar macht, wird bestraft, und – wie wir als notwendig erkannt haben – schließlich wieder rehabilitiert. Aber ein Roboter lebt nicht nach einem freiwilligen Gesellschaftsvertrag, gründet kein Parlament und beschließt dort Gesetze. Im Gegenteil: Er gehorcht den von Menschen in Parlamenten gemachten Gesetzen, weil ihm nichts weiter übrigbleibt als zu gehorchen. Auch ein sogenannter freier Roboter."

Mike wiegte nachdenklich den Kopf, was aufgrund der elastoplastischen Neuentwicklungen völlig lebensecht aussah. „Wie Sie zu Recht sagen, Sir, die menschlichen Gesetze und Verordnungen existieren und müssen befolgt werden, und dennoch betrachten sich diejenigen, die unter diesen Regeln leben, gleichwohl als frei. Ich denke, insoweit wird ein Roboter …"

„Genug!", ereiferte sich Sir. Er stand vom Frühstückstisch auf. „Mir ist nicht danach, dieses Thema weiter zu diskutieren, besten Dank. Ich gehe an die Arbeit ins Büro. Geht ihr an euer Tagewerk."

An diesem Tag schrieb Mike an seinem neuen Buchprojekt. Es war ein reines Sachbuch und befasste sich mit der Entstehungsgeschichte der Robotik. Die Zwillinge verbrachten diesen Tag und die folgenden zwei Monate als Praktikanten in den Firmen ihres Vaters – Griffin bei Neuralink und Xavier bei Tesla. Mike begleitete sie morgens im selbst fahrenden Tesla-Wagen und holte sie abends von dort ab. Der Wagen war imstande, mehr als das 40-fache der Daten im Vergleich zum System der PKW-Vorgängergeneration zu verarbeiten.

Mike betrachtete das Auto, als er es auf dem Villengelände wieder abstellte. Es war mit acht Kameras ausgestattet, die eine leistungsstarke Bildverarbeitung mit einer 360°-Überwachung der Fahrzeugumgebung mit bis zu 250 m Reichweite ermöglichten. Um all diese Informationen korrekt zu interpretieren, nutzten die drei Bordcomputer das von Tesla entwickelte neuronale Netz, das die Grundlage für die Lernfähigkeit und Entwicklung des Autopiloten bildete.

Mike erinnerte sich der Worte von Sir, der davon geschwärmt hatte: „Dieses System, das gleichzeitig in jede Richtung blickt und Wellenlängen außerhalb der menschlichen Wahrnehmung verwendet, kann ein gründlicheres Bild der Welt ermitteln, als es sich dem Fahrer über seine menschlichen Sinne erschließt."

Im Spiegelbild der Seitenfenster sah sich Mike vor dem schicken Wagen stehen, und das zweite Mal fiel ihm sein unbekleidetes Dasein unangenehm auf. Kurz danach, vielleicht zwei oder drei Tage später, begann Mike Kleider zu tragen. Mit einer alten Hose, die er von Griffin bekommen hatte, fing es an. Es war ein wagemutiges Experiment. Weil Roboter in ihrer Außenverkleidung metallisch und vom Entwurf her geschlechtslos waren – obwohl ihre Eigentümer sie vorzugsweise je nach ihrem Einsatzgebiet »Er« oder »Sie« nannten – benötigten sie keine Bekleidung. Weder aus Gründen der Scham, die den Zivilisationsmenschen eigen war, noch als Repräsentationsmittel oder als Schutz vor den Elementen.

Griffin hatte in Mikes Werkstatt für seinen Sportclub eine Holzskulptur bearbeitet – eine Arbeit, die er gerne selbst verrichten und nicht Mike machen lassen wollte. Mike hätte die Statue, die das Vereinswappentier, einen Bären, darstellte, in einem Bruchteil der Zeit, die Griffin benötigte, angefertigt. Aber Musk junior wollte sich nicht mit fremden Federn schmücken. Am Ende des dreitägigen Schaffens hatte Griffin seine Jeans an den Haken des Werkzeug-Regals gehängt.

Obwohl Mike ihn mehrfach daran erinnerte, ließ Griffin die Hose dort drei Wochen hängen. Schließlich nahm Mike sie an jenem Tag, als er sein metallisch-nacktes Spiegelbild im Seitenfenster des Tesla sah, vom Haken und probierte sie an. In diesem Moment betrat Griffin die Werkstatt und sah ihn verdutzt an, bevor er in lautes Lachen ausbrach.

„Ist etwas mit deinem homöostatischen System nicht in Ordnung, Mike?"

„Doch, alles funktioniert perfekt, Mr Griffin. Warum fragen Sie?"

„Ich habe gerade überlegt, ob du vielleicht kälteempfindlich geworden bist. Warum sonst würdest du eine Hose tragen wollen?"

„Um herauszufinden, wie es ist."

„Meine Arbeitshose steht dir nicht schlecht, Mike. Aber wie kommst du auf die Idee?"

„Sie wünschen nicht, dass ich die Hose anziehe?", fragte Mike.

„Das habe ich nicht gemeint."

„Hätte ich vorher fragen müssen?"

„Nein, das ist vollkommen in Ordnung. Es ist bloß eine Arbeitshose und ich habe sie unbeachtet in deiner Werkstatt wochenlang hängen gelassen. Es ist wirklich in Ordnung. Magst du sie haben?"

„Ich wollte sie nur ausprobieren und Sie gerade aufsuchen und fragen, ob es okay ist, wenn ich mir eine solche Hose kaufe."

„Du hast es eigentlich nicht nötig, in unnützer Kleidung herum zu laufen …"

„Ich würde aber gerne bekleidet sein, und als freier Roboter …" Mike machte eine kleine Pause und sagte dann: „… und ich habe doch genügend Geld, um mir schöne Kleider zu kaufen."

„Du hast alle Freiheiten der Welt, wenn es darum geht. Ich finde nur deine Idee etwas seltsam."

„Ist es wirklich seltsam? Hat es nicht etwas mit dem zu tun, was die Menschen Ästhetik nennen?", fragte Mike. „Nimmt man mich darin vielleicht nicht ernst? Sollte ich das Bekleidungsexperiment gedanklich an den Nagel hängen, wie Sie Ihre Arbeitshose?"

„Nein, das nicht", seufzte Griffin. „Lass die Jeans an und nimm noch ein Hemd von mir dazu. Tu damit, was du willst. Zieh an, was dir gefällt. Du bist ein freier Roboter und kannst anziehen, was immer du willst und wann immer dir danach ist. Wir Menschen unterliegen Konventionen und *müssen* uns anziehen, du hingegen hast die freie Wahl ..."

„In der Sauna fallen aber auch für Menschen die Konventionen", sagte Mike.

Griffin lachte und sagte: „Jedenfalls, was die Bekleidung betrifft, ansonsten gibt es auch hier gewisse Konventionen, die zu beachten sind. Kleide dich also ruhig ein, wenn es dir gefällt."

„Ich danke für Ihre Ermutigung, Mr Griffin", sagte Mike.

„Ich kann mir vorstellen, dass du nicht nur Gefallen an Kleidern hast, sondern dass es dich auch eine gute Portion Überwindung kostet. Jedenfalls ist das ein denkwürdiger Augenblick für die Geschichtsbücher. Das erste Mal, dass ein Roboter Kleider trägt. Ich sollte mein Handy holen, Mike."

Beide mussten lachen.

„Hoffentlich werden Sir, Mrs Grimes und Mr Xavier und all die anderen Menschen, die mich sehen, nicht an meinem Verstand zweifeln – ein Serien-Robotnik in Jeans, Hemd und Jackett, ob-

wohl es mir völlig natürlich vorkommt, dass …“‚
sagte Mike und unterbrach sich, als er Griffins
zweifelnden Gesichtsausdruck sah.

„Nein, Mike. Es wird dir nie natürlich vorkommen, weil es nicht natürlich ist. Warum in aller
Herrgotts Namen willst du Kleider tragen, Mike?“

„Wie ich vorhin bereits sagte, Mr Griffin. Aus
Neugierde. Um zu sehen und zu fühlen, wie es ist,
bekleidet zu sein. Sonst könnte es mir eines Tages
gehen wie dem Kaiser in Hans Christian Ander-
sens Kunstmärchen.“

„Ah! »Des Kaisers neue Kleider« … Meinst
du das?“

„Ja, das meine ich.“

„Aber der Kaiser ist in diesem Märchen anfangs bekleidet. Erst nach dem Streich des unech-
ten Schneiders läuft er nackt in den – angeblich für
Dumme – unsichtbaren Kleidern durch die Reihen seines Volkes. Alle schweigen, weil sie nicht
als dumm gelten wollen. Bis endlich ein Kind die
Wahrheit benennt und laut ausruft: »Aber der Kaiser ist ja nackt!« Und bei dir, Mike, verhält es sich
gerade umgekehrt: Du warst – aus deiner Sicht
nackt – und niemand hat sich darum geschert und
kein Kind hat ausgerufen: »Aber der Roboter ist ja
nackt!« Und dann kamst du auf die Idee herausfin-
den zu wollen, ob du Kleider als angenehm emp-
findest.“

„Genauso ist es.“

„Das unterscheidet dich von deinen Artgenossen."

„So ist es."

„Du fühlst dich anders, weil du anders bist!"

„Eben."

„Aber Kleider zu tragen …"

„Seien Sie nachsichtig mit mir, Mr Griffin. Ich möchte es halt so."

Griffin stieß den Atem in einem langen Seufzer aus. „Okay, wie du meinst. Du bist ein freier Roboter, Mike."

„Ja, ich weiß."

Nach seiner anfänglichen Skepsis schien Griffin den Versuch von Mike, Kleider zu tragen, originell und amüsant zu finden, und auch Xavier fand es völlig in Ordnung, dass sich ihr persönlicher Security-Mann und Helfer in allen Lebenslagen in modischer Weise bekleidete.

„Damit fällst du weniger in Menschenmengen auf. Und das wiederum dient unserer Sicherheit und wird somit auch Dad gefallen", argumentierte er. Und er hatte recht.

Auch Sir war einverstanden und sagte in der ihm eigenen, etwas herablassenden Art: „Gut so, Mike. Nun bist du frei, also bist du auch berechtigt, dich nach deinem freien Willen zu bekleiden. Es schadet nicht uns, es schadet nicht dir – alles gut so."

Die Zwillinge versorgten Mike mit den Artikeln, um die er bat. Zuerst mit Hemden, Socken,

Jackett, einem feinen Paar Handschuhen und einem Regenmantel.

„Was ist mit Unterwäsche?", fragte Griffin leicht amüsiert. Aber Mike hatte keine Ahnung vom Zweck der Unterwäsche, und Griffin musste es ihm erklären. Mike entschied, dass er keinen Bedarf habe.

Die Zwillinge unterstützten Mike mit Ratschlägen in modischen Dingen und statteten ihn vorerst mit ihrer eigenen Garderobe aus, damit er seine Kleidungsgrößen erkunden und dann bei Dad's Amazon-Freund Jeff bestellen konnte. Anfangs trug er seine neue Kleidung nur gehemmt und nur zu Hause in der Musk-Villa und auf dem Parkanwesen. Auch wenn er anfangs die verwirrten Blicke der ersten Kunst- und Bücher-Kunden, die ihn in seiner Künstlerwerkstatt angekleidet sahen, peinlich empfand, so war es doch für ihn eine völlig neue Erfahrung: Peinlichkeit hatte er bis jetzt noch nie empfunden, jetzt aber kannte er das Gefühl – und nicht nur das bloße Wort, das er schon so oft aus Menschenmund gehört hatte.

Mike mochte frei sein, aber er trug ein sorgfältig ausgearbeitetes und in gewissem Umfang selbstlernendes Programm mit sich herum, das sein Verhalten gegenüber menschlichen Wesen steuerte – ein neuraler Kanal, der in seiner Wirkung vielleicht nicht so stark wie die drei Robotergesetze war, und dennoch jede Art von aggressivem, beleidigendem oder anderweitig fehlgeleitetem Verhalten verhinderte. Und so konnte er nur schrittweise neues Verhalten ausprobieren und versuchen, sein eigenes Robotergemäßes Selbstbewusstsein zu gewinnen und in seiner KI dauerhaft zu verankern. Insofern war es ein enormer Sprung für ihn, als er es endlich wagte, voll bekleidet die Musk'sche Villa auf dem Hügel von Fremont zu verlassen und sich unbedarft unter die Menschen in San Francisco zu begeben.

Niemand, dem er hier an diesem Tag begegnete, gab irgendein Zeichen von Überraschung zu erkennen. Aber, so dachte er, vielleicht waren sie zu verblüfft, um zu reagieren. Ihm selbst kam seine neue Erscheinung manchmal immer noch seltsam vor.

Er besaß seit Neuestem einen eigenen Spiegel, in dem er sich betrachten und immer wieder etwas an seiner Erscheinung verbessern konnte. Aber es blieben drei Grundprobleme: Sein Gesicht, wenngleich es dem menschlichen durch diese neue Maske immer mehr angepasst worden war, erschien ihm nun, wenn es aus den Kleidern schaute, noch zu robotermäßig, noch zu unpassend wegen der mangelhaften Mimik. Als zweites mangelte es ihm an erweiterten logischen und philosophischen Neuralfunktionen auf der Verstandesebene. Drittens fehlten ihm entscheidende emotionale Komponenten, um seinen verstandesmäßig erfassten Zuständen eine entsprechende Gefühlsäußerung verleihen zu können.

Da Sir vor einigen Tagen nach Deutschland abgereist war, um sich dem im Bau befindlichen neuen Tesla-Standort in Europa zu widmen und um über dortige Personalfragen zu beschließen, entschied sich Mike zu einer Vorsprache bei Dr. Team-Ro, dem bekanntesten Neurochirurgen der Neuralink Corporation. Er wollte die beabsichtigte Operation absolut diskret behandelt wissen. Schließlich war er ein freier Roboter und konnte frei über sich verfügen, und Diskretion war ihm plötzlich wichtig.

[Ende des Anhangs aus »3033, Band 1«]

***

P. S.
Klassentreffen mit Willi

Wir schreiben das Jahr 2035, und ich treffe mich mit Willi, der frisch aus der Werkstatt kommt. Die KI hat sich zum alltäglichen Wissens- und Entscheidungswerkzeug entwickelt. Willi wird jährlich hochgetunt und einer TÜV-Schönheits-OP unterzogen. Für einen LKW ist das alles okay.

Man hat in den letzten zehn Jahren die Risiken der Künstlichen Intelligenz beiseitegeschoben und die Macher machen lassen. Es ist müßig, wie mir scheint, heute noch darüber zu lamentieren. Damals vor zehn Jahren, 2025, hätte man handeln müssen. *Hätte, hätte, Fahrradkette.* Aber man hatte uns mit den vielen kleinen Vorteilen gelockt. Wir waren den Lockungen erlegen.

„Endlich sehen wir uns wieder", sage ich, als ich in Willis Fahrerkabine hochgeklettert bin und den CB-Funk eingeschaltet habe. „Schaust gut aus."

„Du auch, Kompliment! Schön, dich wiederzusehen", antwortet Willi in seiner kühlen und doch verbindlichen Art und schaltet den Monitor ein. Denn dann kann er in sein Cockpit schauen. Pixel kann er sehr gut sehen und zusammensetzen.

„Ja, ich empfinde es im Moment wie ein kleines intimes Klassentreffen, wenn wir, die zwei Alten, uns zusammenfinden, immer in der Hoffnung, dass noch andere hinzukommen."

„Und dann, lieber Stefan, die schreckliche Ernüchterung: Die beiden Alten sind die einzigen noch Lebenden." Er lacht. Aber Willis Lachen klingt wie bei jemandem, der gleichzeitig die Stirn runzelt – etwas verhalten, skeptisch.

Wir tauchen in alte Geschichten ein, plappern daher wie das bei Klassentreffen üblich ist. Ja, es ist schon ein bisschen Geschwätz, obwohl wir beide uns sicher nicht als Waschweiber verstehen.

In einer Pause, als wir fast alles schon durchgekaut haben, sage ich: „Lass uns mal selbstkritisch sein, Willi. Sind wir Dummschwätzer? Also, bist du zum Beispiel ein KI-Schwätzer? Ich als Autor bin berufsmäßig ein Schwätzer, nicht wahr? So kann man es doch bezeichnen, oder?"

„Geschichten zu erzählen und zeitgeschichtliche, literarische Protokolle zu führen, ist nicht das Gleiche wie inhaltslosen Klatsch und Tratsch zu verbreiten. Oder absichtlich zu blenden."

„Du bist schnell zur Ehrenrettung bereit. Mir fällt so etwas schwer, wenn ich an das Geschwätz des damaligen Bürgermeisters, Julius Grinsherr denke. Er ist ein Blender, zwar lange nicht so perfekt wie Arturo Groß – aber er ist ein Blender."

„Du meinst seine Aussage in der Licher Facebook-Gruppe, wo er behauptete, *viele* Mitarbeiter hätten bei *FarAway* ihren Arbeitsplatz verloren, meinst du das?"

„Genau! Solche Desinformationen berühren mich, weil sie beweisen, wie krampfhaft an einem Lügengerüst festgehalten wird. Es ist derart unseriös! Und genau das untergräbt das Bürgervertrauen. Es zeugt davon, wie wenig ehrlich gerade diejenigen sind, die mit als Hauptverantwortliche solche katastrophalen Entscheidungen lässig abgenickt haben."

„Ich verstehe deine Entrüstung, denn ich entsinne mich genau, wie intensiv du damals recherchiert hast, um die Wahrheit herauszufinden – aber du hattest mit deinem unpässlichen Rechercheergebnis kein offenes Ohr gefunden. Die Recherche fiel dir ja Gott sei Dank nicht schwer, da die beiden Verwaltungsmitarbeiter der *FarAway Company* genau über dir wohnten. Hat die Dame nicht sogar in der Buchhaltung gearbeitet?"

„So ist es."

„Ich rufe mal das Buchhaltungsprogramm der Jahre zwischen 2020 und 2024 auf."

Auf dem Monitor erscheinen Zahlenkolonnen und ich sage „Stopp!", als im ersten Jahr die Personalkosten zu sehen sind. Alles Billiglohnkosten — ausgenommen das Managergehalt.

„2020 wurden 56 Personen abgerechnet, wovon 18 Personen nicht in Lich, sondern in Kassel und Hammersbach als Abwickler tätig waren. Sie wurden jedoch in Lich buchhalterisch geführt."

Die Zahlenkolonne zog an unseren Augen Jahr für Jahr vorüber. Es waren niemals mehr als zwischen 30 und 42 Personen, die für Lich aufgeführt waren. Nichts von wegen 200, 400 oder gar den versprochenen 500 Arbeitsstellen.

„Weißt du, Willi, ich empfinde es als eine Schmach, dass sogar eine 20-köpfige SPD-Delegation im September 2021 vor Ort war und nichts gemerkt hat. Gar nix gemerkt. Volksvertretende Schlafschafe. Und sie haben nicht nachgefragt. Die zählten weder die Personen, denen sie im Inneren begegneten, noch fragten sie nach, warum — bei damals angeblich — 200 Beschäftigten nur 30 Autos auf dem Parkplatz stehen. Blind! Blinde Hühner. Und stumm. Oder maulfaul. Oder konzerngläubig. Gläubige kleine Vasallen."

„Geh' mit ihnen nicht zu hart ins Gericht", sagt Willi. „Sie sind so, wie sie sind. Sie menscheln doch nur."

„Ist das ein Argument? Auch sie haben die Scheiße zu verantworten. Einen Millionen-Schaden! Geld aus der Kasse der Allgemeinheit – jetzt in den Taschen eines Immobilienhais."

„Scheiße? Das sagt man in eurem Alltagssprachgebrauch doch eigentlich nicht."

„Komm, Willi, lass das Moralisieren. Genug ist genug. Man hat uns verarscht und beraubt. Kommunalvermögen verschleudert. Dem Besichtigungstrupp gehörten sechs Mitglieder der sozialdemokratischen Rathaus-Fraktion an. Und sie jubelten anschließend: »Es war die richtige Entscheidung«, so ihr Vorsitzender Winfried Weberknecht, denn »es *sind* über 300 Arbeitsplätze hier entstanden.« Er hat das als *Fakt* genannt. Als Fakt! Wie kann man sich als Politiker – oder auch nur als interessierter Bürger – so schändlich täuschen lassen, Willi, wie geht das?"

„Wenn ich auf diese konkrete Zeit zurückkomme und meine Speichereinheit bemühe, so kann ich dir noch etwas in Erinnerung rufen. Warte einen Augenblick."

Kurze Zeit später blinkt ein Artikel der »Gießener Allgemeinen« vom 7. September 2021 auf dem Bildschirm auf.

Willi hatte einen Absatz hervorgehoben: *»Prof. Fred Steiger-Hoch, der Vorsitzende des SPD-Ortsvereins, der erst nach dem großen Krach in die aktive Politik eingestiegen ist, legt den Fokus auf die positiven Aspekte, zu*

denen er neben den Arbeitsplätzen auch Einnahmen für die
Stadt und Impulse für die lokale Wirtschaft zählt.«

„Lass uns über etwas anderes reden. Ich kann diese Wichtigtuer nicht mehr ertragen. Professor hin oder her. Narzissmus gehört in psychologische Behandlung. Und Karrierismus eigentlich auch. Diese Leute »behandeln« sich in politischen Parteien und geben vor, uns, den Bürgern, zu dienen. Ich ertrag's nicht mehr. Wirklich!

Ich ertrag's nicht mehr …"

„Komm runter von deinem Trip, sonst landest du noch auf der Couch."

Wir schweigen eine lange Zeit.

Dann höre ich Willi lachen. Es klingt wie ein Lachen, das sich langsam entfernt, immer weiter entfernt und verflüchtigt.

Lacht mich die Künstliche Intelligenz aus? Als das Lachen verklungen ist, rufe ich: „Willi, hörst du mich?"

„Du solltest dir nicht die ollen Kamellen zumuten. Es ist vorbei. Unser nächstes »Klassentreffen« – wann? Wann sehen wir uns wieder?"

Ja, wann? Ich weiß es nicht.

Ich weiß es einfach nicht.

Ich bleibe ihm die Antwort schuldig.

Dank

an Ben und Markus
Und an Steffi und Peter
Und an Wikileaks Lich
Und an alle meine Leserinnen
Und an alle fleißigen Leser
(»Männer haben's sooo schwer«,
singt Herbert Grönemeyer)

Dieser Thriller
soll nicht zum Schaden
meiner Leserschaft gewesen sein,
sondern Hoffnung verbreiten

Denn
Buch macht kluch

Drum Dank auch ans Buch
Ja, Dank an alle Bücher
Denn sie machen klücher

Für das gedruckte Wort
spricht allein schon,
dass man am Ende eines Buches
keine lange Liste
widerwärtiger Kommentare findet

Statt eines Nachwortes

Hab keine Lust mehr, der Nörgler zu sein,
Bin müde vom Kämpfen und Klagen,
Werd' ab sofort gesellschaftskonform
Und verzichte auf weitere Fragen.
Will auch dabei sein im Karussell
Der Reichen und Klugen und Schönen,
Und dann lass' ich mich von den Medien loben
Und von meinem Konto verwöhnen.

Und ich glaub' ab sofort an jede Statistik
Und bin gegen Zweifel immun,
Und wenn Umsätze steigen und Löhne sinken,
Hat das nichts miteinander zu tun.
Ich gelobe, jetzt nicht mehr quer zu schießen
Und ich glaube der *BILD* und der *WELT,*
Und an Terrorexperten und Wirtschaftsanalysen
Und vor allem: ans große Geld!
Und ich glaube, dass Nestlé die Menschen liebt,
Die Vatikanbank leiten Christen.
Bänker sind voller Mitgefühl
Und Heckler & Koch Pazifisten.
Ja ich glaube an Deutschland,
An den deutschen Export,
An Hartz IV und an Wachstumswahn.

Heißt mich willkommen und nehmt mich auf
In eurem Absurdistan!

Und ich glaub' an den heiligen Sarrazin
Und seine Eugenik-Visionen.
So kann sich ein Rückfall in dunkelste Zeiten
Finanziell in jedem Fall lohnen.

Und ich glaube, dass wir in Afghanistan
Zur Rettung der Frau angetreten,
Und wie damals mit Gutti und Kerner und Papst
Will für deutsche Siege ich beten.
Und ich glaube an alles, was den Bildschirm füllt,
Von Pro7 bis RTL zwo,
Und ich bewerbe mich morgen bei DSDS
Und wisch' den Quoten den Po.
Ja ich glaube an Deutschland,
An den deutschen Export,
An Hartz IV und an Wachstumswahn.

Heißt mich willkommen und nehmt mich auf
In eurem Raffistan!

Und ich weiß, dass wir ohne Atomstrom verenden,
Und ich find' es ab jetzt auch beschissen,
Dass Konzerne, obwohl sie so viel für uns tun,
Auch noch Steuern zahlen müssen.
Und ich glaub' an die Automobilindustrie,
Denn sie hat's nun wirklich geschafft
Und hält jede Regierung unter ihr
Verlässlich in Geiselhaft.
Und ich glaub' an Elite und an BWL
Und vor allem an G 8.
Denn wir brauchen Kinder, die funktionieren.
Wer braucht schon ein Kind, das lacht?

Heißt mich willkommen und nehmt mich auf
In eurem Kannitverstan!
(»Absurdistan« von Konstantin Wecker)

Verlagspublikationen

Worum es geht in:
Freie Republik Lich – 2023

Lich, 2023. Fast hätte die Pandemie zum Bürgerkrieg geführt. Bevor es dazu kam, zerfiel die Bundesrepublik Deutschland in drei Teile: die Südstaaten, den Nordost- und den Westbund. Nur uns, in Deutschlands Mitte, hatten die Generalstäbe vergessen. Für sie waren wir Niemandsland. Wir machten das Beste daraus und riefen die Freie Republik aus. Und Arnold Aurora, dieser charismatische junge Mann in Jesuslatschen, wurde unser Staatschef. Nun mussten wir sehen, wie wir mit dem Logistikmonster klarkamen. Die Wüst AG hatte einen starken Sicherheitsdienst engagiert. Aber wir hatten eine kluge Verteidigungsministerin und eine tapfere Bürgerwehr – und dann kam plötzlich dieser schreckliche Nebel … zum Glück!

»Der Thriller bewegt sich zwischen beißender Satire und grausamer Realpolitik. Nichts für schwache Nerven« (MAZ, 31. März 2033)

Worum es geht in:
Sturm über Lich - 2022

Die Natur spielt verrückt. Und so erzählt man sich in einer geheimnisvollen Villa auf einem Hügel in Lich gleichfalls verrückte Geschichten – das Grauen über Lich kam mit dem Logistikmonster, da ist man sich sicher. Aber die Zusammenhänge bleiben im Unklaren. Mit einem schrecklichen Wintersturm im Januar 2022 bricht von einem Tag auf den anderen ein weiteres Unheil über die liebliche Kleinstadt in der Mitte Deutschlands herein. Neben der Naturkatastrophe bestimmen plötzlich auch Mord, Intrigen und dämonische Kräfte das Leben der Bewohner.

Das Böse scheint von einem Fremden, Niko Lamor, auszugehen. Denn dieser Mensch, wenn er denn einer ist, stellt eine Forderung, die den Menschen schleierhaft bleibt …

Mit **»Sturm über Lich – 2022«** erweitert Stefan Koenig seinen fiktionalen Thriller »Freie Republik Lich - 2023« um eine literarische Verarbeitung von politischer Moral und hausgemachter Klimakatastrophe.

Worum es geht in:
Der Fremde – Lich, 19. Januar 2022

Es handelt sich um die Fortsetzung von »Sturm über Lich«. Ein Jahrhundertsturm wütet. Und ein Fremder, ein unheimlicher Mensch – wenn er denn ein Mensch ist – hält eine Kleinstadt in Atem. Er verfügt über das Talent eines dämonischen Zauberers mit der Gabe, die Bürger gegeneinander auszuspielen und Misstrauen und Zwietracht zu säen. Ist er auch der Urheber eines monströsen Zerstörungsprojektes, das sich als Logistikmonster darstellt? Die Gemeinschaft der Bürger wird auf eine harte Probe gestellt.

Stefan Koenigs neuer Roman »Der Fremde« gleicht einer postmodernen Parabel, versetzt mit Elementen eines mystischen Thrillers – und dreht sich um politische Doppelmoral, um Schuld, um Sühne und um Naturdesaster, von denen wir seit 40 Jahren wissen und die uns heute fluten. Überraschung? Überraschend nimmt Koenigs Geschichte eine Wende, als der jung erscheinende, gutaussehende Fremde sein wahres, uraltes Gesicht zeigt.

Und er hat ein Auge auf die Kinder der Gemeinde …

Worum es geht in:
Wilde Zeiten – 1970 etc.

Im ersten Band der realistischen Zeitreise-Serie, *»Sexy Zeiten – 1968 etc.«,* habe ich unser jugendliches Aufbegehren in seinen Anfängen geschildert, zum Teil eine individuelle, teils eine Familien- und im Ganzen eine gesellschaftliche Geschichte. Geschichte in Form eines Romans. Nun reisen wir von den Sechzigern weiter in die erste Hälfte der Siebziger Jahre. Auch hier erleben wir den Protest in all seinen Variationen. Und wir verspüren bereits erste gesellschaftliche Veränderungen – einige von uns gingen auf den großen Hippie-Trail, andere versanken im Studium von Marx und Engels, engagierten sich in Kirchen, Kinderläden, Verbänden und Parteien. Einige standen, however, abseits. Der Vietnam-Krieg – Antrieb unserer Rebellion – ging zu Ende. Die Politik trieb Wandel durch Handel und wurde etwas weniger aggressiv. In diesem Moment wurde die alte Bundesrepublik bunter. Das allgegenwärtige Grau blätterte ab und eine andere Fassade kam zum Vorschein. Was bewegte uns damals?

Worum es geht in:
Crazy Zeiten – 1975 etc.

Mitte der Siebziger Jahre – eine spannende Zeit & eine Zeitreise mit einem persönlichen Spannungsbogen … Was und wer spielte alles eine Rolle auf der großen Bühne der Weltkultur und Politik? Und speziell bei uns im geteilten Deutschland? Im Westen: Rio Reiser * Hare Krishna * Pop & Folk * The Kelly Kids, wie sie sich damals noch nannten * Dutschke & sein Attentäter * Hippies Revival * Heroin & der Tod auf Raten * Liebe contra Sex * RAF & Terror * Beckenbauer wurde Kaiser * Christiane F. * Ilja Richter * Schmidt-Schnauze * Pink Floyd & das rosa Schwein * Whyl & Brokdorf * Udo Lindenberg * Und im Osten? Wolf Biermann & die AKW Rheinsberg & Greifswald * Nina Hagen hatte den Farbfilm vergessen & die Weltjugendfestspiele waren over

Worum es geht in:
Bunte Zeiten – 1980 etc.

Punks & der New Wave Tsunami * Dead Kennedys & San Francisco * Earthquake & Donuts & American Love * Frequenz ist Trumpf & Rollerblades in L.A. * Der Weihnachtsmann von Hawaii * Verfolgung auf mexikanisch * Kuhfladen & Crazy Pilze * Berliner Instandbesetzung & Rebellion * Da, Da, Da & die Deutsche Welle * Fitzcarraldo & das Schiff auf dem Berg * Der verrückte Kinski & der Bierglas-Wurf * Bullen sind lieb & Uschi Obermaier ist einsam * Rocky Horror Picture Show * Das Rockpalast-Festival * Flick & Kohl & Sweet Spendenland * Bahnhof Zoo & Heroin * Der alternative Bauernhof & Rio Reiser * Otto & die Ottifanden

Worum es geht in:
Rasante Zeiten – 1985 etc.

Die 1980er Jahre. Die Spät-68er wurden erwachsen. Peter Maffay und die DDR-Band Karat ließen uns über sieben Brücken gehen. Udo Jürgens sang »Adler sterben« und Rio Reiser hielt dagegen mit »Alles Lüge«. Madonna und Michael Jackson starteten sexy durch. Trendy und überlebenswichtig wurde das Thema Umweltschutz. Uwe Barschel überlebte seine Beziehungen zum organisierten Waffenhandel nicht. In Genf, dem Drehpunkt der Politmafiosi, lag er tot in der Badewanne. Die CIA trieb ihr Unwesen, aber die Stasi geriet in Verdacht. Die Corona-Krise von damals war die Nuklearkatastrophe von Tschernobyl. Wir kauften säckeweise Milchpulver. Verstrahlte Frischmilch, cäsiumbelastetes Gemüse und Obst waren tabu. Nie wieder wollten wir eine solch schlimme Krise erleben. Aber wir tanzten trotzdem.

Worum es geht in:
Blühende Zeiten – 1989 etc.

Das Jahr 1989. Irgendwas veränderte sich. Irgendwas rumorte. Hier wie dort. Im Privaten. Im öffentlichen Raum. Herzflimmern. Die Mauer fiel, die Mauer blieb. Dann diese Treuhand. Es gab Verrat. Und die Wendehälse. Und die Kalte-Kriegs-Gewinnler. Die Im-Stich-Gelassenen. Die falschen Versprechungen. Die Tricks. Die Morde. Die Verschwörungen. Dann die Folgejahre. Und die Folgen. Blühende Landschaften? Unsere Kinder wurden älter und alte Probleme blühten neu auf. Manche von uns wurden arbeitslos. Einige machten Karriere. Viele hatten zu viel um die Ohren. Andere wussten den Tag nicht zu füllen. Wir hörten Musik und schalteten ab, wenn es zu heftig wurde. Wir suchten neue Kontakte, fanden neue Freunde und manche teilten die Welt neu auf. In Ossis und Wessis. Aber die alte Teilung blieb – in Oben und Unten. In eine Welt des Friedens und eine des Krieges. In Reich und Arm.

Worum es geht in:
Neue Zeiten – 1990 etc.

Die Jahre zwischen 1990 und 1992. Alles war neu. Hoch wurde gepokert. Hoch wurde gestapelt. Was war Treue wert? Wo war die treue Hand der Treuhand? Wer schützte wen? Und wem gehörte das Volkseigentum? Video-CD's waren auf dem Vormarsch. Die DM-Armee marschierte gen Osten. Alles wurde teurer, dafür bunter. Eine neue Kälte zog ein. Aber die heiße Liebe war nicht totzukriegen. Love & Peace waren aktuell wie nie. Udo Lindenberg besang die »Bunte Republik Deutschland«. Und die Wendehälse reckten ihre Hälse empor und konnten sie nicht vollkriegen. In Leuna liefen tausende Arbeitslose zu den Ämtern. Unsere Kinder fanden neue Helden. Ein Hippiefestival erlebte ein Revival. Die Flower-Power-Geister von Burg Herzberg feierten weit über Mitternacht. Das erste Wacken fand statt – in Wacken.

Worum es geht in:
Verflixte Zeiten – 1994 etc.

Es schien, als versickerten die Jahre zwischen 1993 und 1996 in den unterirdischen Kanälen der Geschichte. Aber so war es nicht. Das neue Deutschland plusterte sich auf. Es mischte sich ein ins Weltgeschehen. Nach innen mimte der Staat den starken Mann. Hoffnung und Arbeitslosigkeit stiegen gleichermaßen. Die Wirtschaft schmierte ab. Das politische und wirtschaftliche System verflochten sich mehr und mehr miteinander. Unsere privaten Probleme blieben. Musik und Kultur versüßten uns den Alltag. Unser Glück, unsere Liebe, unsere Partner und Kinder gewannen an Bedeutung. Im irischen Honeybridge trafen sich alte Freunde aus aller Welt. Ein Mann aus der Freundesrunde, ein junger Mann, litt unter Depressionen und stand am Rand der atlantischen Klippen. John und Mara retteten ihn. Und viele retteten so manches, was im Großen und Ganzen unterzugehen drohte.

Stefan Koenig gelingt ein imposantes Zeitgemälde, dem es an Spannung, Information und erzählerischer Sanftmut wie Empörung nicht mangelt.

Worum es geht in:
Schöne Zeiten – 1997 etc.

Die guten alten 90er-Jahre. In diesem Band nähern sie sich dem Ende. Aber die Zeit zwischen 1996 und 1999 hat noch viel zu bieten. Gute Musik. Und tolle Bands. Aber auch schwere Jungs. Und eine Rechtschreib-Reform. Fußballfieber und starke Konzerte. Aber auch Auftragsmorde. Und Tic Tac Toe. Schuldsprüche und Freisprüche. Dazu Hochstapeleien und falsche Ärzte. Und die Entführung einer Zehnjährigen in Wien. In Bonn schlug Helmut Kohls letzte Stunde. Es schien als bewegten wir uns damals im Spinnennetz der Geheimdienste wie auch im Netz politischer Korruption. Dabei war für uns nur die Liebe von wahrem Interesse. Und die Friedenssehnsucht.

Wieder gelingt Stefan Koenig mit **Schöne Zeiten – 1997 etc.** *ein eindrucksvolles literarisches Bild über jene Jahre zwischen 1997 und 1999. Ein Bild, das er in effektvollen und dennoch realistischen Farben, von mausgrau bis kunterbunt, zeichnet. Eine deutsche und zugleich persönliche Saga, spannend und informativ.*

Worum es geht in:
Kuriose Zeiten – 1999 etc.

Die Jahrtausendwende. Was würde sie uns bringen? Die Hell- und Schwarzseher hatten Hochkonjunktur. Aber das Internet und die Computer hielten dem Jahrtausend-Virus und der Änderung der digitalen Zeitangabe stand. Der Weltuntergang blieb aus. Wir feierten im Laubacher Schloss. Die Mittelaltermärkte blühten auf. Dort zahlte man in Taler. Doch schon stand der Euro vor der Tür. Das Schul- und Bildungssystem stand auf dem Prüfstand. Ein Schulroman schlug Wellen. Der grüne Außenminister bekam einen roten Farbbeutel ab. Prinz Philip trat ins übliche Fettnäpfchen. Kanzler Kohl verkohlte uns mit dem Ehrenwort. Banken halfen beim Steuerbetrug. Ehen scheiterten. Betrüger feierten Partys. In Washington tagte die Fünferbande des neu gewählten Präsidenten in geheimer Mission. Nostradamus ist ihr Berater. Wir sind mit unseren Pubertieren und dem Älterwerden beschäftigt. Hält uns die Musik jung?

Stefan Koenig malt in abwechslungsreicher Weise und in unterschiedlichen Farben die Jahre zwischen 1999 und 2001. Er schließt den vorliegenden Band kurz vor dem großen Knall ab. Aber man ahnt, dass etwas Ungewöhnliches geschehen wird.

Worum es geht in:
Blendende Zeiten – 2001 etc.

Das folgenschwere Jahr 2001 mit 9/11. Der Anschlag auf das World Trade Center.

Er bestimmte das weltweite Geschehen. Hat man die Welt mit Bildern geblendet? Was sagen die zahlreichen Zeugen des Verbrechens? Was sagen die Feuerwehrleute, die Ärzte und Sanitäter, die ganz früh vor Ort waren? Aber es gibt auch andere Geschichten jener Tage. Sie finden ihre Fortsetzung. Oder sie finden ihr Ende: Die Story des Hochstaplers Gert Postel. Oder die des Finanzbetrügers Jürgen Harksen. Die Sache mit Gustl Mollath, der unschuldig erst in die Mühlen der Justiz und dann in die Hände von inkompetenten Psychiatern fällt – und das alles, weil er die Bank-Beihilfe zu Steuerhinterziehungen von Superreichen und einer Bankmitarbeiterin, seiner Ehefrau, nicht weiter hinnehmen und ertragen konnte.

Dann der Kampf gegen Windmühlen, die der Lübecker Oberstaatsanwalt Wille in der Ermittlungssache zum mysteriösen Tod von Uwe Barschel führt.

Die tragische Entführungsgeschichte der damals zehnjährigen Natascha Kampusch, die jetzt mit 13 Jahren noch immer von ihrem Entführer versteckt wird.

Die Kids der Alt-68er haben die Pubertät längst hinter sich, ebenso wie deren Musik: Die Songs der Stones, die Musik von Led Zeppelin und ABBA. Musikgeschmack, Sprache und soziales Verhalten ändern sich.

Die Zeit steht nicht still. Und ruhig ist sie wahrlich auch nicht.

Stefan Koenig liefert ein neues, spannendes und zugleich informatives Bild über die ereignisreiche Zeit zwischen September 2001 und Mitte 2004.

Stefan Koenig

Nina N.

Ein Roman der Jahrtausendwende

Als die achtunddreißigjährige Alice nach sechs Jahren Haft den siebzehnjährigen Tom kennen lernt, hat sie bereits ihre neue Identität – als Nina Nowak. Die willensstarke Frau, von deren Schicksal niemand ahnt, taucht mit illegalen Mitteln in eine ihr unbekannte Berufswelt ein. Aus Not und aus Sehnsucht nach einer verborgenen Liebe lässt sie sich auf das »Abenteuer Schule« ein. Aus der Schauspielerin wird eine geschätzte Sport- und Physik-Lehrerin. Tom zuliebe setzt sie ihre magische Begabung ein und traut sich an Einsteins Raum-Zeit-Theorie heran.

In einem Schriftsteller-Seminar befreundet sie sich mit der siebenundzwanzigjährigen Nora. Und Nora lernt das Trauma ihrer neuen Freundin kennen. Gerüchte über die beliebte Lehrerin entstehen. Auch wenn diese schließlich zerplatzen, so erschweren sie doch Ninas Weg.

Die Frauenfreundschaft hilft lindern, aber der entscheidende Schritt bleibt aus. Der Alltag eines dubiosen Schulgeschehens scheint Ninas Problem zu überdecken. Bis Nina bei Tom und seinem Vater Leo einzieht – Ninas Schulamtsvorgesetztem. Ein Pulverfass an Gefühlen entsteht. Plötzlich taucht auf dem Höhepunkt ihrer schulischen Karriere ein dunkler Schatten aus ihrer Vergangenheit auf und zwingt zum Handeln.

Wird sie durch Mauern gehen? Wird sie die Kraft finden, den Justizirrtum von damals aufzuklären?

Aber da gibt es noch eine Doppelgängerin, die ungeschminkte Nina Nowak. Sie ist ebenfalls Lehrerin – allerdings in einer siebzig Kilometer entfernten Großstadt. Als sie plötzlich verschwindet, beginnen die polizeilichen Ermittlungen ...

Worum geht es?

Elon Musk suchte 2023 einen neuen PR-Mitarbeiter für seine Gigafactory im brandenburgischen Grünheide. So lernten wir uns kennen. Okay, insoweit bin ich vielleicht als Berichterstatter befangen. Aber sei's drum, es gibt Schlimmeres. Einzelheiten hierzu erfahren Sie im ersten Kapitel. Dann nahm er mich mit nach Muskland bei LA und ins Silicon Valley, wo ich Mark Zuckerberg, Jeff Bezos, das Scheidungspärchen Bill und Melinda Gates, Larry Page, Peter Thiel, George Soros, Warren Buffet und die Brüder Charles und David Koch das erste Mal in meinem Leben traf. Mehr dazu schildere ich Ihnen im zweiten Kapitel.

Ich berichte Ihnen aus dem Jahr 3033, vergessen Sie das bitte nicht. Damals, vor 1011 Jahren, hatte ich nicht im Traum daran gedacht, mit dieser durchaus netten Hyänen-Bande einmal gemeinsam aus einem tausendjährigen Kälteschlaf aufzuwachen. Eigentlich wollten wir nur 100 Jahre schlafend überbrücken. Bis sich zumindest das Kapital der American Big Five ohne ihr Zutun vertausendfacht hatte.

Wir entschlossen uns also zu einem kalkulierbaren Abenteuer, dem ich als Autor und Protokollant beiwohnen sollte. Sie wissen schon: Kryonik! Aber als man uns auftauen wollte, funktionierte die Sache mit der Energie nicht mehr so, wie damals, als man uns einfror.

Eine Notschaltung, die uns nicht nach 100, sondernd erst nach rund 1000 Jahren zurückholte, war unsere Rettung. Doch die Welt, die wir nach 1011 Jahren sahen und erlebten, war nicht die, die wir erwartet hatten.

Niemand von uns, Elon Musk vielleicht ausgenommen, war in jenen Jahren der neuen Kryo-Konservierungstechniken fantasiebegabt genug, um sich das Ausmaß der globalen Veränderungen vorzustellen, die uns nach der Wiederauferstehung erwarteten – einschließlich der Veränderungen der Menschheit, wenn man hier noch von Menschheit sprechen konnte. Was dies betrifft, so erfahren Sie die Einzelheiten im vorletzten Kapitel.

Im letzten Kapitel geht es um das Überleben unseres exklusiven US-Clubs in einer Welt der kalten künstlichen Intelligenz und des heute von Klaus Schwab angedachten Transhumanismus. Die Menschen, die uns in 1011 Jahren begegnen, sind nicht mehr die Menschen, die wir von heute kennen; es sind gefühllose Roboter. Und sie haben uns in einen Zoo gesteckt – einer Art archäologischem Museum. „Prost Mahlzeit", hab' ich mir gedacht. „Wie kommen wir hier bloß wieder raus?" Aber war das überhaupt erstrebenswert bei der kaputten Welt da draußen?

Und in den Kapiteln dazwischen? Da erfahren Sie, wie es zum gemeinsamen Vorhaben der Hyänen-Bande gekommen war, was sich die mächtigen amerikanischen Tycoons vorgenommen hatten und weshalb ich mich mit ihnen einfrieren ließ. Es war ein Abschied vom Leben lange vor unserem Tod.

***

Stimmen aus der Zukunft zu den beiden KI-Bänden **»3033 – Meine Reise mit Elon Musk …«**

›Mit »3033« hat Stefan Koenig eine bedrohliche Matrix unserer Tage an die Wand gemalt. Sein Roman illustriert auf eine packende Weise, wie aus vermeintlich frei agierender Künstlicher Intelligenz die Tyrannei des Big Tech zu werden droht – egal, ob Elon Musk auf dem Mars das Bewusstsein der Menschheit zu konservieren vermag oder nicht.‹
(Lunar News.com)

›Die Realität quillt aus allen Zeilen dieses KI-Romans hervor, sie ist aufregend, beängstigend und doch voller Hoffnung.‹
(Publishers Monthly)

›Ein erstklassiges KI-Debüt mit einigen der besten Robotnik-Szenen, die es je zu lesen gab. Für Spannungsleser und Wissbegierige, die sich mit der Künstlichen Intelligenz anzulegen wagen – here we go.‹
(New Times.com)

›Koenigs »3033« ist so wahr, wie die Zukunft offen scheint. So wahr, wie der Schrecken des zivilisatorischen Untergangs. So wahr, wie Krieg und Frieden. Wahrer als die Wahrheit – ein erschreckender Blick auf das, was schiefgehen kann.‹
(daily_mars.com)

›Brutal spannend. Herzlos technisch. Grausam realistisch. Kompromisslos humanistisch.‹
(Weekly News, New York)

Mein Arbeitsplatz in Grünheide
Einer der Schauplätze zwischen 2021 und 2024

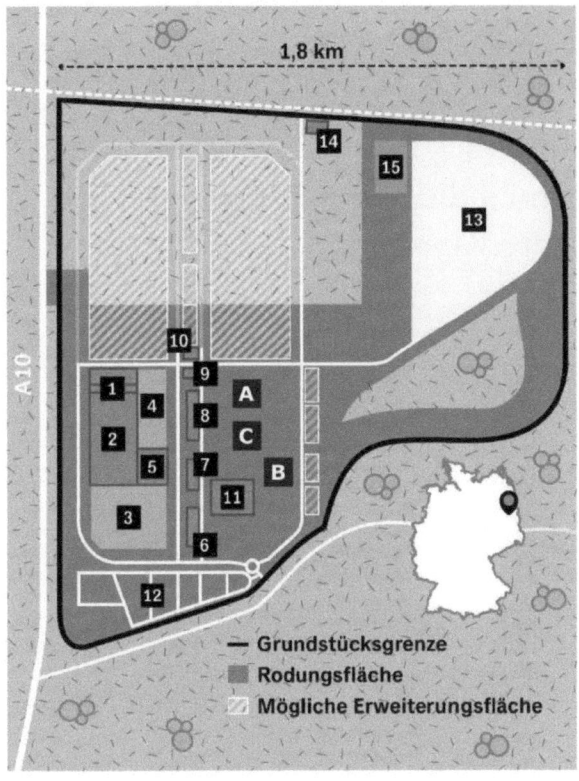

1,8 km

A10

14
15
13
10
9
1
4
8 A
2 C
5 7
3 B
11
6
12

— Grundstücksgrenze
▪ Rodungsfläche
▨ Mögliche Erweiterungsfläche

1 - **15** **Presswerk bis Rückhaltebecken**
Nicht ganz so wichtig für die Story

A Elon Musk, CEO von Tesla

B PR-Chef Stefan Koenig & Mike Musk

C Charlotte Curtis, Chefsekretärin

HANDELSBLATT-GRAFIK   Quelle: Unternehmen

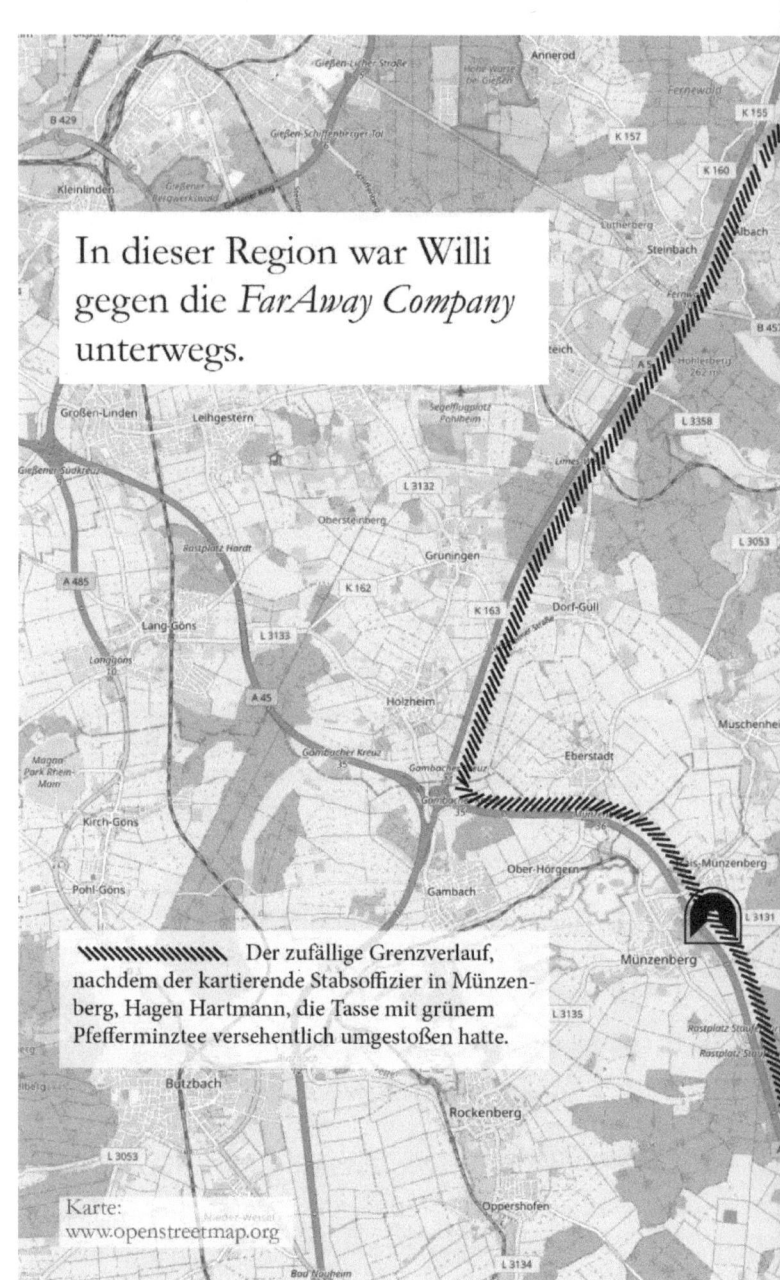

In dieser Region war Willi gegen die *FarAway Company* unterwegs.

〰〰〰〰〰〰 Der zufällige Grenzverlauf, nachdem der kartierende Stabsoffizier in Münzenberg, Hagen Hartmann, die Tasse mit grünem Pfefferminztee versehentlich umgestoßen hatte.

Karte:
www.openstreetmap.org

Hier wartet Willi auf Stefan Koenig, um mit ihm die
Lage nach dem Abriss des Logistikmonsters
zu besprechen.

Willis Kumpel steht zum Abriss des Logistikmonsters bereit. Die Renaturierung kann beginnen.

Den Stadtvätern standen folgende Alternativen zur Verfügung (Bürgervorschläge):

- Seniorenstift (Vorsitzender Arturo Groß)
- Überdachte Champinghalle
- Parkhaus für ganz Mittelhessen
- Kletterhalle
- Magic Mushroom Zuchtzentrum

Zum Autor:

Stefan Koenig (Pseudonym), geboren in Frankfurt am Main, Volontariat als Verlagsredakteur, Studium der Philosophie, Politik-, und Verwaltungswissenschaft in Berlin, Berkeley und Frankfurt am Main, 18-monatiger Forschungsaufenthalt in den USA, danach freier Journalist, 10 Jahre als Unternehmer in der Erwachsenenbildung tätig mit dem Schwerpunkt Ökologie und Umweltinformatik sowie als Unternehmens-Consultant und seit 1998 als Autor von Sach- sowie Foto- und Kinderbüchern und Romanen tätig, lebt in Laubach.